21世纪
年度最佳
外国小说
2015

星座号

Constellation

［法］阿德里安·博斯克 著

陆洵 译

人民文学出版社

著作权合同登记号　图字 01-2015-4103

Adrien Bosc
Constellation
Copyright © Editions Stock,2014
Simplified Chinese translation copyright
© People's Literature Publishing House 2015
All rights reserved

Volutes
Words& Music by Alain Bashung & Jean Marie Fauque
© Copyright 1985 PolyGram Music.
Universal Music Publishing Limited.
All Rights Reserved. International Copyright Secured.
Used by permission of Music Sales Limited.

图书在版编目（CIP）数据

星座号/（法）博斯克著；陆洵译. —北京：人民文学出版社，2015
（21 世纪年度最佳外国小说）
ISBN 978-7-02-011132-9

Ⅰ.①星… Ⅱ.①博…②陆… Ⅲ.①长篇小说—法国—现代
Ⅳ.①I565.45

中国版本图书馆 CIP 数据核字（2015）第 216483 号

责任编辑　黄凌霞
装帧设计　陶　雷
责任校对　韩志慧
责任印制　苏文强

出版发行　人民文学出版社
社　　址　北京市朝内大街 166 号
邮政编码　100705
网　　址　http://www.rw-cn.com

印　　刷　三河市鑫金马印装有限公司
经　　销　全国新华书店等

字　　数　119 千字
开　　本　880 毫米×1230 毫米　1/32
印　　张　5.875　插页 1
印　　数　1—5000
版　　次　2016 年 3 月北京第 1 版
印　　次　2016 年 3 月第 1 次印刷

书　　号　978-7-02-011132-9
定　　价　25.00 元

如有印装质量问题,请与本社图书销售中心调换。电话:01065233595

出版说明

　　评选并出版"21世纪年度最佳外国小说",是一项新创的国际文学作品评选活动和出版活动。在世界文学格局中,由中国文学研究机构和文学出版机构为外国当代作家作品评奖、颁奖,并将一年一度进行下去,这是一个首创。

　　"21世纪年度最佳外国小说"评选活动由人民文学出版社和中国外国文学学会及各语种文学研究会(学会)联合举办,人民文学出版社主办。评选委员会由分评选委员会和总评选委员会构成。各语种文学研究会(学会)遴选专家,组成分评选委员会,负责语种对象国作品的初评工作;再由人民文学出版社、中国外国文学学会及上述各语种文学研究会(学会)委派专家组成总评委会,负责终评工作。每一年度入选作品不得超过8部。入选作品的作者将获得总评委会颁发的证书,作品由人民文学出版社组成丛书出版,丛书名即为:"21世纪年度最佳外国小说"。

　　总评委会认为,入选"21世纪年度最佳外国小说"的作品应当是:世界各国每一年度首次出版的长篇小说,具有深厚的社会、历史、文化内涵,有益于人类的进步,能够体现突出的艺术特色和独特的美学追求,并在一定范围内已经产生较大的影响。

总评委会希望这项活动能够产生这样的意义,即:以中国学者的文学立场和美学视角,对当代外国小说作品进行评价和选择,体现世界文学研究中中国学者的态度,并以科学、谨严和积极进取的精神推进优秀外国小说的译介出版工作,为中外文化交流做出贡献。

自2002年第一届评选揭晓到2014年,"21世纪年度最佳外国小说"评选活动已成功举办13届,共有23个国家的80部优秀作品获奖,其中,2006年度、2003年度法国获奖作家勒克莱齐奥和莫迪亚诺先后荣获2008年、2014年诺贝尔文学奖,足见这一奖项的权威性和前瞻性,也使"21世纪年度最佳外国小说"成为一个名副其实的重要文学奖项。

自2008年开始,这套书不再以外文原版书出版时间标示年度,而改为以评选时间标示年度。

自2014年起,韬奋基金会参与本评选活动,在"21世纪年度最佳外国小说"评选基础上,设立"邹韬奋年度外国小说奖",每年奖励一部作品。

我们感谢韬奋基金会的鼎力支持。我们相信,"21世纪年度最佳外国小说"的评选及其出版将结出更加丰硕的成果。

人民文学出版社
"21世纪年度最佳外国小说"评选委员会

阿德里安·博斯克的小说《星座号》,讲述了一九四九年十月二十七日法航客机"星座号"的空难。作者依据丰富的资料和独特的视角,追忆了四十八位遇难者的平凡经历,栩栩如生地再现了他们由种种机缘巧合造成的悲剧。作为对逝者的纪念,这部充满人文关怀的小说也在促使读者思考人类的命运,它在空难频发的当代无疑具有更为深刻的现实意义。

"21 世纪年度最佳外国小说"评选委员会

Le roman d'Adrien Bosc *Constellation*, raconte l'accident du Constellation, l'avion d'Air France du 27 octobre 1949. Appuyé sur de riches documents et par la vue particulière, l'auteur remémore les histoires ordinaires de ces quarante-huit victimes, et fait renaître d'une manière vivante leur tragédie faite par toutes sortes de hasards. En souvenir des décédés, ce roman plein de soins humanistes pousse aussi les lecteurs à réfléchir sur le destin des hommes, et sa signification réaliste est bien sûr plus grande en notre temps où des accidents aériens sont fréquents.

**Jury des meilleurs romans
étrangers annuels du XXIe siècle**

致中国读者

群星璀璨

　　你们手中的这本《星座号》,讲述的并不是中国古代天文学的星官。书里没有二十八星宿,没有南天门,没有凌霄宝殿,更没有宛若隆起圆盖的天宫。书里只有颇似大鹏展翅翱翔的一架飞机转瞬即逝的身影,这架飞机的名字叫"星座号"。飞机上的三十七名乘客和十一名机组人员构筑了命运造化的另一番景象:偶然、必然、好运、厄运,还有宿命。所有的故事都是借口,这桩一九四九年发生在大西洋上空的社会逸闻也不例外。到底是怎样细微的决定和征兆在引导我们的生活并且留下行进的轨迹?这是本书提出的问题。书中扉页上的文字引自意大利作家安东尼奥·塔布其的一句话,对这一深奥的问题进行了言简意赅的回答:"有时几个单词的组合便足以引导我们的生活"。倾听逝者,书写他们渺小的传奇,让这四十八名男男女女,宛如璀璨的群星,在叙事中永生。我曾经在一本百科全书中看到,中国古代的宇宙论认为人间的活动在上天会有反映,并且观星占卜是一项由只向皇帝报告的特定机构执行的星相研究。百科全书上还说,老百姓因此被禁止观察天象。星辰反映着我们的生活,我喜欢这样的想法,这也正是本书书名的意义。我很高兴《星座号》有了中文版,并且欣喜地得知,迎接《星座号》的会有另一片天空和另一方世界。

阿德里安·博斯克

译者前言

二〇一四年，法国作家阿德里安·博斯克（Adrien Bosc，1986—　）的首部小说《星座号》（*Constellation*）获得了法兰西学院小说大奖。这部小说对法航历史上一九四九年空难展开了细致入微的调查，引发读者对命运的深刻思索。博斯克于一九八六年出生于法国阿维尼翁。他目前主编发行两份文学杂志。《星座号》为其处女作，由法国斯托克出版社出版。该小说入围二〇一四年法国多个文学奖的评选，最终摘得"法兰西学院小说大奖"。

二〇一四年是人类航空史上沉重的一年，多国空难频发，数百条生命无辜丧生。我们在哀痛之余不禁会有这样的感悟：每个乘客都有着各自精彩的人生故事。一架航班上，有多少名乘客，就有多少则故事，而且那些故事都汇集在同一架飞机上。生前的精彩各不相同，但他们都有着相同的悲惨结局，遇难乘客都以同样的方式走向自己人生的终点。在令人哀悼的空难年里，法国作家博斯克推出小说《星座号》无疑具有很强的现实意义。这部小说以六十五年前法国航空公司星座号客机坠毁事故为主题，以侦探的手法杂糅了史实的陈述和诗意的创作，回顾那场有去无回的天空之旅，重新勾勒出被人遗

1

忘的普通人的面容,追忆他们平凡的故事和存在的细节。在当年星座号上的乘客中,马塞尔这位拳击冠军太露锋芒,他和法国国宝级女歌手皮亚芙的爱情太过耀眼,媒介和大众都是"一叶障目,不见泰山",忽视了这架飞机上另外四十七个乘客和他们的人生故事。从这个意义上来说,《星座号》如同一场人物肖像画展,还原了所有四十八名乘客的生活细节,饱含了对芸芸众生的悲悯情怀,它既是献给逝者的一曲挽歌,也是照向生者的一束光芒。

一九四九年十月二十七日,法国航空洛克希德星座式客机意外坠落在葡萄牙亚速尔群岛的雷东多山,三十七名乘客和十一名机组人员全部遇难。除了世界拳击冠军马塞尔·塞尔当和天才的小提琴家吉内特·内弗之外,其他的普通遇难者都长久地被人遗忘。那些独孤的个体,那些破碎的故事,始终漂流在时间的长河中。博斯克没有把视线仅仅聚焦在名人身上,他也讲述其他乘客的故事,面貌各异却又兼收并蓄,从而构成了一幅波澜壮阔的人物风情画。在飞机上那些所谓的"小人物"中,有巴斯克牧民,有牟罗兹的绕线女工,有迪士尼衍生产品的发明者,有计划回到纽约想要和前妻复婚的丈夫……博斯克把这些最终遭遇飞机失事的不幸人物的形象生动地勾勒了出来。

当年星座号坠机事故发生后,法国航空公司立刻成立了事故调查处,由于在那个年代飞机上还未配备黑匣子,所以调查工作艰难而漫长。调查处最终在一九五〇年七月二十六日提交了一份事故调查报告,认为此次空难发生在夜晚,是一起因飞机驾驶员在目视飞行下没有得到充分的导航而导致的可控飞行撞地事件。在今天看来,这份报告如同轻轻飘过的落叶一般。六十五年之后,博斯克看到了这份报告,敏锐地意识到这份技术报告背后的历史意义。因为他不想把过往的回忆和消逝的生命揉作一团抛诸脑后,他想知道一架飞机为何会掉落下来,他想知道四十八名遇难者他们各自经历过怎样的人生?

现代技术设备的高速发展,会给人类带来福祉,也会带来灾难。技术灾难无法避免,但作者意识到可以借助小说创作来审视其残酷性,在感叹人生际遇无常的同时,充分揭示人性的本原。作者详细调阅了当年的遇难者名单和事故调查报告,使之成为《星座号》这部小说坚实的基石。在小说里,作者意图通过文学创作让每位逝者重焕生机,无论是社会闻达之人,还是籍籍无名之辈,每条逝去的生命都值得书写,无论是几行、几页,还是几条评语,几则逸事,他们共同组成了一曲庄重的人性之歌。小说的主题是表现对普通人的深刻尊重,作者正是带着这样的激情去揭示每位普通乘客已经逝去的细微存在。

打开飞机坠毁的历史,总是不乏悲剧事件的偶然性。不过,打开博斯克这本书,看到一九四九年十月飞往纽约的飞机在亚速尔群岛失事的这则旧闻,依然让人唏嘘不已。所以小说的主体部分,就是把坠机事故的调查与回顾每位遇难者的生活交织在一起,把对"客观的偶然性"的思考与充满诗意的引文融合在一起。

《星座号》篇章简短,结构清晰,但字里行间都在不停地追寻每条生命,试图揭开这场悲剧与命运休戚相关的各种机缘巧合。小说的章节在不同的遇难者之间跳转,有飞行的波折,有空难的调查,也有对吉内特·内弗的小提琴的寻找。作者力图让事实陈述,让逝者言说,穿过悲剧的表象,探寻事件的偶发因素,进而拷问这些因素对人生命运的叠加影响。虽然读者早已知晓小说的结局,但作者精妙的叙事始终维系着紧张的悬念,人物的命运因而彼此串联,如同夜空中连成星座的璀璨恒星。

整部小说分为单双号章节,分别铺陈小说的两条主线。在单号章节的这条主线上,作者忠实地跟踪坠机事件的发展状况,复原了星座号当天晚上八点六分自法国奥里机场起飞后至坠毁在亚速尔群岛中的每一分钟的故事,特别是详细叙述了坠机发生后的事故调查工作,注重以新闻的视角还原事件的进展,让读者对六十五年前发生的轰动新闻有身临其境之感。在双号章节的这条主线上,作者主要讲述的是乘客的故事,虽然平凡,但叙述张力却无处不在,让读者充分感受到阅读的紧张感。每个偶数章节讲述一个人物的故事。这些凡人凡事看似平淡、散乱,似乎各不相干,毫无关联,但作者以客观的记录口吻将每个人物的命运都引向星座号,他们因为自己生活里的一些偶然事件而决定是否乘坐星座号,进而驱使自己的命运发生了或生或死的截然不同的变化,尽管他们自己事前毫不自知。当读者在每段故事的结尾,以上帝的视角看到人物命运的生死转折时,都会百感交集,不禁感叹命运的神秘力量。这四十八条鲜活的生命,四十八段迥异的生活,都因为星座号的坠机事件而产生了关联,星座号飞机成了这些生命故事的连接枢纽,星座号坠机的悲剧意义也就有了更宽广的辐射效应,给读者提供了远比技术故障分析更深刻的思索空间。

值得注意的是,小说的每个章节均以一段引文起篇。这些引文既引导了章节故事,又突显了悲剧力量。在被引用的人物中,有伏尔泰、萨特、卡夫卡、达利、塞林格、班克斯,有法国诗人阿波利奈尔、兰波,有英国浪漫主义诗人柯勒律治,有法国作家塞利纳、爱尔莎·特奥莱、乔治·佩雷克、让·吉奥诺，还有古希腊哲学家赫拉克利特。这些引文呼应章节中某个思想或某段感悟，同时以互文方式折射出文本的文学性特质。文化巨匠们的精妙语句和所在的章节连成一体，如同夜空中的恒星一般，它们相互连接，共同构成耀眼的星座，而这正是四十八名乘客在偶然性的安排下而相互连接的命运，虽然消逝，却在人类的夜空中留下了自己的光芒。

小说通过两条主线的交替叙述，呈现给读者一幅充满细节饱含质感的浮世绘，展现出一连串不易觉察却又激发读者内心共鸣的生活细节，让人不忍释卷。而正是这些细节把一九四九年十月二十七日晚上飞往纽约的法国航空洛克希德星座号客机推向了深渊，使其坠落在葡萄牙亚速尔群岛的雷东多山。面对几十年前的坠机旧闻，作者如同心思缜密的法医，善于在灾难现场仔细搜寻，寻找蛛丝马迹，让死者"说话"，努力复原初始场景。在两条主线交织的叙述中，隐含着作者对狄德罗提出的叙事原则的简洁而宏大的运用："他们从哪儿来？他们到哪儿去？他们是谁？"归根到底，这些拷问表明这部小说的真正主角不是星座号飞机，也不是马塞尔·塞尔当和吉内特·内弗这两位明星，而是"偶然因素"。"偶然因素"这一概念贯穿了整部小说，贯穿了所有乘客的故事，如同一曲低调而绵长的乐曲，余音不断。驾驶星座号飞机的是名富有经验的飞行员，在葡萄牙中途降落的时候天气也不错，可它为何在亚速尔群岛失事？本来失事的概率几乎为零，难道飞机失事就是一系列巧合的简单积累？这些乘客的命运注定就是在这架飞机上终结吗？当世界某处发生灾难时，必定有些与之同时发生的小故事让人感触不已。事件发生的环境，事件各个环节的参与者，一些表面看似无意义的事件，当把所有这些关联在一起时,就是引发悲惨结局的原因。

博斯克创作的首部小说受到了法国文坛的充分认可,应该说这与他前期做的大量扎实的文献调查工作密不可分,但他的成功并非仅仅局限于此。他在小说里不是简单地陈述史实,而是糅进了充满人性的想象和感受,为这些逝去的人物编织了一件美丽的诗意外衣。从这一点来讲,《星座号》这部小说是文学想象与历史事实的并置,是小说与历史这两种人文构建的叙事话语的结合。

对于自己创作的首部小说,博斯克如是评价:"这部小说拷问了人生际遇的偶然性,还有那些日期和数字背后的同时性。这是我内心的顽念。我把这些人的命运串联了起来,如同夜空中连成星座的璀璨恒星。"现任法国文化部长福乐尔·佩勒林高度评价了博斯克的创作才华,认为博斯克"体现了法国青年一代创作的蓬勃生机"。

陆洵
二〇一五年七月于苏州天赐庄

献给罗拉

有时几个单词的组合便足以引导我们的生活。

安东尼奥·塔布其

《波尔图皮姆的女人及其他故事》

目　录

第一章　奥里机场 ………………………………………… 1

第二章　卡萨布兰卡的达科塔人 ……………… 6

第三章　信号有杂音 ……………………………… 11

第四章　疯狂蒙韦尔 ……………………………… 17

第五章　"我看到机场啦!" …………………… 22

第六章　尼龙时代 ………………………………… 25

第七章　在亚速尔群岛的海面上 …………… 29

第八章　五位巴斯克牧民 ……………………… 32

第九章　盘旋而上 ………………………………… 37

第十章　事故连连 ………………………………… 40

第十一章　阿尔加维亚 ………………………… 44

第十二章　第五百万只米老鼠手表 ……… 49

第十三章　在雷东多山上 ……………………… 57

第十四章　阿里斯塔的预言 ………………… 61

第十五章　蓬塔德尔加达 ……………………… 70

第十六章　角斗士 ………………………………… 73

第十七章　运输机上的轰炸机 …………… 82

第十八章　里诺的离婚夫妇 ………………… 87

第十九章　弗克桑地区科尔梅耶 ……… 93

第二十章　大赦年 ………………………………… 97

第二十一章　虚幻的荣光 ………………………………… 100

第二十二章　来自世界各地 ……………………………… 104

第二十三章　穿红裙的吉内特,穿绿裙的阿梅莉 ……… 106

第二十四章　拟人法 ……………………………………… 109

第二十五章　《阿尔萨斯新闻报》 ……………………… 115

第二十六章　一架飞机的交响乐 ………………………… 119

第二十七章　星座号第四十九名遇难者 ………………… 122

第二十八章　极光 ………………………………………… 125

第二十九章　亨尼斯对阵法国航空公司 ………………… 128

第三十章　PN 和 AM …………………………………… 132

第三十一章　瓜达尼尼小提琴的旋首 …………………… 137

后记 ………………………………………………………… 149

版权说明 …………………………………………………… 159

第一章　奥里机场

我是巨大的螺旋钻
刺破夜空的硬壳

——菲利波·托马索·马里内蒂①
《教皇的单翼飞机》

一九四九年十月二十七日晚上，在奥里机场②的跑道上，法国航空公司 F–BAZN 型客机正准备迎接飞往美国的三十七名乘客。一年前，马塞尔·塞尔当③经过激烈的对抗击败了托尼·扎尔④，获得了世界中量级拳击冠军。一九四八年十月七日，他在人群的欢呼中凯旋。一年之后，塞尔当出现在机场里，在他的经纪人乔·朗文和朋友保尔·让塞的陪同下，即将踏上再夺辉煌的旅途，要从号称"布朗克斯公牛"的杰

---

① 菲利波·托马索·马里内蒂(1876—1944)，意大利诗人、作家、剧作家、编辑，20 世纪初未来主义运动带头人。——本书所有注释均为译注。
② 奥里机场，法国第二大机场，位于巴黎南郊，距巴黎市中心约十三公里。
③ 马塞尔·塞尔当(1916—1949)，法国拳击手，出生在阿尔及利亚。他是世界拳击冠军，被许多拳击专家和拳击迷称为法国以及欧洲最伟大的拳击手，同时也被更多的拳击迷称为来自非洲的最伟大的拳击手之一。他的一生以其运动成绩、社会生活方式以及最终的悲剧而著名。
④ 托尼·扎尔(1913—1997)，波兰裔美国拳击手，曾获得世界中量级拳击冠军。

克·拉莫塔①的手里重新夺取头衔。毫无疑问，他将在这一年的十二月搭乘另一架星座号载誉而归。在奥里机场的大厅里，他面对记者口若悬河，他向他们保证："我跟你们说，我会把我的荣誉带回来的。我会像雄狮一样去战斗。"雄狮对公牛，这与星相、星座有关。涅墨亚狮子与人身牛头怪对决，这便是一九四九年十二月二日麦迪逊广场花园②贴出的宣传画，让人赞叹不已。

乔·朗文忙得焦头烂额，他不得不快马加鞭，取消了海轮，改坐飞机，使用巴黎—纽约航线的优先登机权，还得安排一清早与艾迪特·皮亚芙③见面的种种烦人的杂事。"请您带着荣誉回来！"一位法国航空公司的员工向他喊道。"我这次出征的目的就是为了这个！"马塞尔回应道。"是啊，"朗文嘀咕道，忍不住加了几句，"如果你听我的话，我们就可以再晚几天走。把我的话当耳旁风！我们走得这么急匆匆，就像贼一样。星期二，我们知道十二月二号的比赛合同签了。昨天，我们还在外省，今天，我们却又要整理行李准备出发。我跟你建议过在这里待上一周，周一参加体育馆的会议。这很简单，太简单了。明天，你肯定会大发雷霆，因为在你的急事当中，有一半你必然会忘记。"这股怒气是装出来的，他们已

---

① 杰克·拉莫塔（1921—　），美国拳击手，曾获得世界中量级拳击冠军。

② 麦迪逊广场花园是美国纽约州纽约市的一座著名体育场馆，位于宾夕法尼亚车站的建址之上，是许多大型体育比赛、演唱会和政治活动的举办地。

③ 艾迪特·皮亚芙（1915—1963），法国最著名，也是最受爱戴的女歌手之一。她的多数作品反映了其悲剧的一生，最著名的歌曲包括《玫瑰人生》《爱的礼赞》《我的老爷》和《不，我不后悔》。在第二次世界大战结束后，她认识了世界中量级冠军、著名拳击手马塞尔·塞尔当，他们双双堕入情网，并成为国际新闻。

经习惯把指责当成戏来演。马塞尔又是一脸的嘻哈轻浮,而朗文则是一副专业人士的模样,与之形成鲜明的对比。过不了多久,他们便会坐在法国航空公司的酒吧里,胳膊支在吧台上,对刚刚的情形狂笑不已。自从吕西安·鲁普离开教练岗位后,朗文的地位便上升了。朗文总是戴着一副黑色眼镜,头发梳得油光可鉴。他创建了"五人俱乐部"——这是一家夜总会,皮亚芙和马塞尔就是在这里相识的。朗文身上的品性很难让人捉摸,拳击手喜欢他的能说会道,喜欢他善于营造氛围、懂得商业运作的能力。若要在巴黎、纽约和卡萨布兰卡之间来回奔波,他是陪同的最佳人选。

今晚,"明星号飞机"并没有愧对它的美名:除了"摩洛哥轰炸机"①,飞机上还有天才小提琴家吉内特·内弗②,她也要出征美国。《法兰西晚报》的记者把机场大厅里的场景定格成一个个瞬间。在第一张照片上,让·内弗站在中间,神情愉悦地看着他的妹妹。马塞尔双手捧着斯特拉迪瓦里③制造的提琴,而吉内特,则在一旁满脸微笑地看着他。然后,朗文就站在让的位置上,以专家的眼光来比较小提琴家和拳击者的手,一个灵巧纤细,一个粗壮有力。

之后,在停机坪上,在舷梯下面,两位名人还在继续着交

---

① 这是马塞尔·塞尔当的绰号。
② 吉内特·内弗(1919—1949),法国天才小提琴女演奏家,也是 20 世纪最著名的女性小提琴家之一。
③ 斯特拉迪瓦里(1644—1737),全名安东尼奥·斯特拉迪瓦里,享誉世界的意大利弦乐器制作大师,被誉为"迄今为止最伟大的小提琴制作大师"。他一生制作小提琴约 950 把,中提琴、大提琴约 150 把,传至今日有线索可查者约 500 至 800 把。各琴皆有别号,价值连城。

流。吉内特和他详细说着行程，圣路易斯①，旧金山，洛杉矶，芝加哥，纽约。为感谢她的好意，他送给了她几张麦迪逊广场花园的贵宾券。同时，他也答应出席十一月三十日卡内基音乐厅②举办的音乐会。也许他们会在凡尔赛夜总会共进晚餐，在那里，"小麻雀"③的表演几个月来都获得了巨大的成功。

洛克希德星座号 F-BAZN 型客机上，四台巨大的莱特飓风系列发动机发出低沉的轰鸣声。螺旋桨和叶片都做过了检查，十一名机组人员已经在机舱前部各就各位。这是一架壮观漂亮的四引擎飞机，铝制机身，它夸张的起落架让它具有了飞鸟的独特姿态。在登机的队伍当中，还有其他三十二名乘客：约翰和汉娜·艾博特、穆斯塔法·阿朴杜尼、埃格利纳·阿瑟肯、约瑟夫·阿哈罗尼、让-皮埃尔·阿杜利兹、让-路易·阿朗贝尔、弗朗索瓦兹和珍妮·布朗迪埃、贝尔纳·布泰·德·蒙韦尔、纪尧姆·肖隆，泰蕾兹·埃什帕尔、爱德华·格林、雷米希奥·埃纳多尔、西蒙娜·亨尼斯、勒内·奥特、居伊和拉谢尔·雅斯曼、凯和凯蒂·卡门、埃默里·科靡奥斯、欧内斯特·洛温斯坦、阿梅莉·林格勒、雅各布·拉福、莫德·瑞恩、菲利普和马加里达·塞尔斯、拉乌尔·斯贝纳格尔、伊莲娜·斯迈内弛、让-皮埃尔·苏基比德、爱德华·苏皮纳和詹姆斯·泽比纳。有三个人没能登上飞机，一对刚刚

① 圣路易斯，以法王路易九世的名称命名，是美国密苏里州最大的都会区，位于密苏里河和密西西比河汇合处，是美国中西部交通枢纽。
② 卡内基音乐厅，位于美国纽约，是美国古典音乐与流行音乐界的标志性建筑。
③ 因皮亚芙的身高只有 1.47 米，歌迷们亲切地称她为"小麻雀"（法语 La Môme）。

度完蜜月准备踏上归程的新婚夫妇,艾迪特和菲利普·牛顿,还有埃德曼夫人。他们把座位让给了拳击冠军。

第二章　卡萨布兰卡的达科塔人

现代生活可以旅行，却没有冒险。

——让·梅尔莫兹①

《我的航行》

预报拉芒什海峡和北大西洋有恶劣天气，这让飞行员让·德拉努埃决定改变飞行计划。飞机不再经停爱尔兰香农机场，而是在亚速尔群岛②的圣玛丽亚岛③进行中途补给。起飞程序已经启动，这只大鹏脑袋高昂，已经从登机平台驶向跑道。柯蒂斯螺旋桨发出呼呼的风声，准备起飞。飞行员向塔台报告：

"这里是 F-BAZN 型客机，我们请求起飞。"

塔台回应飞行员：

"F-BAZN 型客机准许起飞。"

二十点零六分，星座号飞向了天空。

---

① 让·梅尔莫兹(1901—1936)，法国著名飞行员。

② 亚速尔群岛，位于北大西洋中央，为葡萄牙的一个自治区。群岛由九个主要岛屿组成，包括圣米格尔、圣玛丽亚、法亚尔、皮库、圣若热、特塞拉、格拉西奥萨、弗洛里斯和科尔武。首府为蓬塔德尔加达，位于圣米格尔岛上。

③ 圣玛丽亚岛，为葡萄牙亚速尔群岛一个主要的岛屿。

它很快就会飞临大西洋,六小时后飞抵圣玛丽亚机场,接着会飞越纽芬兰岛,最终在第二天上午抵达纽约。

大约六年前,让·德拉努埃在伦敦加入了"自由法国"部队。他还高兴地记得他驾驶那些老式飞机的硝烟岁月,起先开的是英国飞机,后来开的是美国飞机。

他不明白这场"怪战"①,不明白它的分崩离析。好歹,他听了他妻子的话,在德国占领法国时期他又干上了飞行员的工作,为法国航空公司驾驶飞机。但情况却越来越让人难以忍受。他知道,伦敦那里,一切都在轰轰烈烈地进行着,而他却不在那里。他在普莱纳瓦昂德雷镇②,他的家乡,而远方是英国海岸的悬崖、自由法国和伦敦广播③。能够再次驾驶飞机,究竟是在拉芒什海峡上空飞行,在大西洋上空飞行,还是在地中海上空飞行,这都无所谓,只要在蓝天翱翔就行,只要是有益之事就行。一战停战协议在雷东德火车站④一列火车的车厢里签订时,他才五岁。自从他目睹了敦刻尔克空军纵队的伟大壮举,便对飞上蓝天念念不忘。他英雄榜上的夏尔·南热塞,在驾驶"白鹰"号的第十五个年头时失踪了。当时夏尔和弗朗索瓦·科利正在飞越大西洋,执行长途直飞任

---

① 怪战,又被称为假战、静坐战,是指1939年9月开始到1940年4月之间,英法虽然因为德国对波兰的入侵而宣战,可是两方实际上只有极轻微的军事冲突。
② 普莱纳瓦昂德雷镇位于法国西北部的阿摩尔滨海省。
③ 1940—1944年,英国广播公司向被纳粹德国占领的法国播送的法语节目,公司位于伦敦。
④ 此处即为第一次世界大战停战协议的签署地。1918年11月11日德国政府代表埃尔茨贝格尔同协约国联军总司令福煦在法国东北部贡比涅森林的雷东德火车站签署停战协定,德国投降。

务。纽波特17型战机①堪称空中的海盗，为双座式飞机，驾驶舱外面涂有驾驶员的个性徽章：一颗黑心，里面是骷髅图案，两边各有一盏烛台，上面悬着一具棺材。让没有成为英雄的天赋，但也不是逃兵的料。一九四〇年，由于复员，他很不情愿地离开军事飞行，转而从事商业飞行。一九四三年，在某次飞行中，他化装成空姐，投靠"自由法国"部队。然后，随着盟军登陆北非，他被指派负责把卡萨布兰卡的士兵输送至意大利前线。他开的是一架达科塔飞机，英国飞行员戏称它为"信天翁"，在地上显得笨手笨脚，但一旦上天，就变得气势威严。

地中海上空的这些飞行，是他一生中最美好的岁月，如今早已是过去的事了，他经常说到。一九四三年六月十日，攻占潘泰莱里亚岛②，然后就是利诺萨岛③、兰佩杜萨岛④，还有著名的攻占西西里岛之役。三十八天的恶战，从潘泰莱里亚不断把基地向前推进。二十八个人驾驶达科塔飞机，这些飞机飞来飞去，在蓝天上勾勒出降落伞的斑斓画卷。先是在萨莱诺⑤开展代号为"雪崩"的军事行动，随即是代号为"闹剧"的

---

① 这是法国空军在第一次世界大战中使用的双翼战斗机。它由古斯塔夫·德拉赫（纽波特公司）制造，于1916年3月交付使用。
② 潘泰莱里亚岛，位于意大利南部，是地中海西西里海峡中的一个岛屿，距西西里岛约有100公里。
③ 利诺萨岛，位于地中海中部，是佩拉杰群岛中的一座岛屿，行政上隶属于意大利阿格里真托省管辖。
④ 兰佩杜萨岛，位于意大利的最南端，是佩拉杰群岛中最大的一座岛屿，行政上隶属于意大利阿格里真托省管辖。
⑤ 萨莱诺，意大利坎帕尼亚的第二大城市，萨莱诺省省会。

军事行动,夺取了塔兰托港①。一九四四年五月十一日,在卡西诺山展开规模浩大的战事。然后在普罗旺斯空投部队。在盟军的后方基地卡萨布兰卡,让很快恢复了活力。历史正准备拉开帷幕,他也在准备跃上舞台。丘吉尔和罗斯福在卡萨布兰卡开会商议共同行动,而他仅是这出大戏中的一个龙套。戴高乐、吉罗②,还有某些之前解散的法国航空部队的老兵,他们组成的法国军队成为盟军集团的第二把利刃。所有这些人都很坚强,内心都涌动着报仇雪恨和收复河山的顽强信念。让带他的妻子去马克斯·林德③电影院观看亨弗莱·鲍嘉④和英格丽·褒曼⑤主演的《卡萨布兰卡》⑥。他很惊讶地看到,电影里的北非宫殿与他的记忆差之千里。而里面的抵抗运动成员拉兹洛演唱的《马赛曲》,也让他忍俊不禁。天大的玩笑。沿普瓦索尼埃尔大街回去的路上,他向奥罗尔描述他

---

① 塔兰托,位于意大利南部伊奥尼亚海塔兰托湾畔,是塔兰托省的首府,也是意大利重要的商港和海军基地。1940 年 11 月,英国皇家海军对塔兰托的意大利皇家海军设施进行了历史上首次航空母舰舰载机对海军舰只的进攻,史称"塔兰托战役"。后来日本帝国海军于 1941 年对美国发动的珍珠港袭击即参考了此次战役。

② 吉罗(1879—1949),全名亨利·吉罗,法国陆军五星上将。二战期间指挥法国北方的军队,1940 年遭德国人俘虏,1942 年逃脱后在北非任法军总司令。1943 年任法国民族解放委员会主席,1944 年因与戴高乐发生分歧而引退。

③ 马克斯·林德(1883—1925),法国演员、导演。

④ 亨弗莱·鲍嘉(1899—1957),美国电影演员。1942 年他在《卡萨布兰卡》一片中出色的表演让他获得奥斯卡最佳男主角提名,1952 年凭借《非洲女王号》获得第 24 届奥斯卡最佳男主角奖。

⑤ 英格丽·褒曼(1915—1982),瑞典电影女演员,曾获三座奥斯卡金像奖,四次获奥斯卡最佳女主角提名。

⑥ 《卡萨布兰卡》,又译作《北非谍影》,是一部 1942 年拍摄的美国爱情电影,世界史上最成功的经典电影之一。本片荣获 1944 年奥斯卡最佳影片、最佳导演和最佳编剧奖。

的卡萨布兰卡。阿尔法酒店和全景式餐厅；卡兹军营机场附近的棕榈林，以及挤满了飞行员的临时营房；机场跑道，是电影结局时的场景。在这个场景里，里克·布莱恩和警察局长雷诺共同庆祝一段新友情的诞生。让也会和他的妻子讲讲摩洛哥的航空邮政史，讲讲梅尔莫兹和圣埃克絮佩里①的英雄事迹，飞过沙漠，掠过沙丘，那里的一切都无影无踪，无声无息，有的只是广袤无垠的雄壮之美。

一九四九年十月二十七日的晚上，让，作为 F–BAZN 型客机的机长，他已经拥有六万小时的飞行时间，执行过八十八次飞行任务。和他共同执行本次飞行任务的，还有夏尔·沃尔菲和卡米耶·菲登西，他们以前是战斗机飞行员。战事结束后，所有战线都不再需要这些士兵。他们和让一样，没有能够在海军航空部队继续服役，只好勉强尝试涉足这片新领域。因为他们被指定执行同一航线，所以他们之间结下了友谊。他们出生于一九二〇年十二月四日同一时辰，所以他们在公司里有了"双子座"的绰号。很快，在两次飞行之间，他们就会庆祝他们的二十九岁生日。最后，机组人员当中还有无线电报务员罗杰·皮埃尔和保尔·吉罗，领航员让·萨尔瓦多里，机械师安德烈·维莱和马塞尔·萨拉赞。

---

① 圣埃克絮佩里(1900—1944)，全名安东尼·德·圣埃克絮佩里，法国作家、飞行员。代表作有《小王子》《夜航》《人类的大地》等。

第三章　信号有杂音

飞机！飞机！它爬上天空，

越过高山，飞过海洋。

——纪尧姆·阿波利奈尔①

《发现集》

"法国航空的新彗星"，广告折页册上如是宣传。星座号要挤掉漂浮的豪华酒店，最终确立航空对航海的优势。这只通体闪亮的大鸟，源自一个人的疯狂之举，这个人便是霍华德·休斯②。

休斯是环球航空公司（TWA）的大股东，他于一九三九年展开与建造"康妮"③有关的研究。他也是洛克希德飞机公司的合伙人，这位影业巨子和航空巨头再次尝试突破，把赌注压在四引擎客机上。这种客机可以一次不间断飞行五千六百公里。他亲手绘制飞机的平面图和效果图，力求展现飞机的优

---

① 纪尧姆·阿波利奈尔（1880—1918），法国诗人、剧作家、艺术评论家。其诗歌和戏剧在表达形式上多有创新，被认为是超现实主义的先驱之一。

② 霍华德·休斯（1905—1976），美国著名商业大亨、投资人、飞行员、航空工程师、电影制片人、慈善家。

③ "康妮"是洛克希德星座号客机的别称。

雅与性感,并要求工程师修改草图,使之符合航空标准。就在同一时期,出于电影《不法之徒》①的拍摄需要,这位电影业与航空业的双料大亨设计了一款垫有钢衬的胸罩,把简·拉塞尔②的胸部变成瞄向银幕和道德同盟的一枚导弹。

星座号飞机加入了美军的防御计划。直到一九四四年,在完成盟军部队的洲际运输任务后,星座号才在它古怪的亿万富翁的指挥下,进行了它的首次商业飞行,并打破了飞行纪录,从加州伯班克直飞华盛顿,耗时六小时五十七分钟。一九四六年二月十五日,这位飞机制造商提出,要让整个好莱坞能够从纽约直飞洛杉矶。在八千米高空,休斯一手拿着扩音器,一手持着香槟杯,搂着波莱特·戈达德③和琳达·达内尔④,介绍着他的新玩意儿。因为有了星座号,因为星座号上群星荟萃,航空业便迎来了闪耀铝制光泽的奢华时代。星座号象征了跨大西洋螺旋桨飞机的鼎盛时代,不过它的头几次航行却对它的宿命毫无预兆。这真是独特的"系列事件定律"⑤。一九四六年六月十八日,泛美航空的星座号飞机的四个引擎中,有一个引擎失火。在大约十一个小时内,飞行员的表现无比英勇,仍旧操控飞机飞越了美国。之后,新闻媒体便给星座号四引擎客机冠以"全世界最好的三引擎客机"的称号。但

---

① 《不法之徒》,1943年出品的美国西部片,是霍华德·休斯执导的最知名的电影作品。

② 简·拉塞尔(1921—2011),美国电影女演员。她在电影《不法之徒》中担任女主角。

③ 波莱特·戈达德(1910—1990),美国电影女演员。她曾与查理·卓别林有过婚史。

④ 琳达·达内尔(1923—1965),美国电影女演员。

⑤ 这是心理学上"墨菲定律"的延伸,主要内容为:一个灾难事件必定会引起一连串的灾难事件。如同常言所说的"祸不单行"。

仅仅过了二十三天,这种客机便遭遇了另一起事故,它当时紧急迫降在田野上,在全部六名乘客中,共有五名乘客死亡。为慎重起见,所有星座号飞机都被停飞,由洛克希德公司进行必要的整修。整修结束后又过了几个月,星座号再次获得适航证,成为全世界所有航空公司运营长途航线的必选机型。其中也有法国航空公司,它以前是股份有限公司,后收归国有。法国航空公司向洛克希德公司订购了十三架飞机。一九四六年七月九日,法国航空公司的第一架星座号客机在拉瓜迪亚①机场起飞,型号 F-BAZA,机长为罗杰·卢布里。自一九四七年十月八日起,法国航空公司提供号称"金色彗星"的奢华服务,它自诩为唯一一家能在跨大西洋飞行上提供床位的公司,唯一一家能够消除十六小时旅途疲劳的公司。

现在正在远离法国海岸,空姐苏珊·罗伊格和两名乘务员阿尔伯特·布鲁克和雷蒙德·雷东正在机舱内忙个不停。马塞尔·塞尔当和他的朋友保尔·让塞坐在一起,他刚刚去驾驶舱和飞行员们寒暄了几句。在他们前面,乔·朗文正和记者《阿尔萨斯新闻报》的主编勒内·奥特交谈。勒内在询问冠军的身体状况,询问他的行程安排,询问定好的训练营和经理人的担忧。这篇文章他明天上午就会在纽约电传给他的编辑室。这是梦寐以求的一刻,在飞行途中便可以收集第一手的讯息。空中幸运的机遇勾勒出最为梦幻的邂逅。后排,

① 拉瓜迪亚,西班牙卡斯蒂利亚-拉曼恰托莱多省的一个市镇。

让·内弗和吉内特·内弗正在窃窃私语。他们认识了邻座爱
德华·苏皮纳,他是布鲁克林①的蕾丝进口商,从加莱②出差
回来。他对音乐知之甚少,他向他们承认时脸上露出了尴尬
的表情。不过,他向他们保证,他一定会听听他们的唱片,然
后请天才小提琴家拼读一下自己的名字。居伊·雅斯曼,坐
在四张座椅开外的地方读着《白鲸》。这本书是他出发前一
天在拉斯拜尔大道的伽利玛书店买的。毫无疑问,开篇的一
段话颇似谜语:"我叫伊斯梅尔。姑且就这么叫吧。那是有
些年头的事了,到底多少年就不知道了。当时我身无分文,或
者说没有几个钱。在岸上又没有我特别感兴趣的事可干,我
于是想,不如去当一阵子水手,好去见识一下水的世界。"

坐在他右边的,是欧内斯特·洛温斯坦,他在法国和摩洛
哥拥有数家皮革厂。他一直不敢相信自己竟与马塞尔·塞尔
当坐上了同一架飞机。他设法接近塞尔当,让拳击冠军在自
己的笔记簿上签名。空姐身穿褶裙和海蓝色制服,头戴缝有
法航海马标志的贝雷帽,沿着中间通道——一边是略微倾斜
的座椅,另一边是拉上帘子的卧铺——向每位乘客分发飞机
餐。牛肉冻,萝卜土豆烩羊肉和马卡龙,都配有香槟。从九月
三十日起,法国航空便在它的航班上提供这样的热餐。对于
许多乘客而言,这是他们第一次在飞机上吃上热饭。这一想
法来自法国航空公司总裁马克斯·伊曼,几个月前他在奥里
机场设置酒店式服务,并借此机会把众多巴黎大厨招至麾下。

星座号在大西洋上方一万三千九百英尺的高空飞行。二

---

① 布鲁克林,位于美国纽约,是纽约市的五个行政区之一。
② 加莱,法国加来海峡省的一个城市。

十一点,它向奥里机场确认了自己的方位,并依据规划航线飞向亚速尔群岛。飞行速度为每小时四百公里,以这样的时速,他们第二天凌晨两点三十分便可以到达圣玛丽亚机场。以这样的巡航速度,飞机似乎在展翅翱翔。在飞机驾驶舱,让·德拉努埃已经放手让他的两个副驾驶去操控了。罗杰·皮埃尔与法国航空的操纵控制台保持即时联系,随时向德拉努埃汇报天气情况。

"机长,巴黎刚刚确认发送到圣玛丽亚的飞行计划。天气预报说到达时群岛时有低气压,地面能见度低。"

当让·德拉努埃再次操控飞机时,已经快二十三点了,即将飞越一个强气流区。已经决定提升高度,把飞机提升至云层之上。机舱内,伴随着螺旋桨富有节奏感的轰鸣声,乘客们都已经酣然入睡了。飞机在下降前会提前几分钟把他们叫醒,让他们系好安全带,准备降落。这是第一次睡眠时间,可以睡上三个小时,之后又要继续漫漫航程,飞向纽芬兰岛。

让不是个容易亲近的人,他喜欢在沉默中确立他的指挥权——说话言简意赅,绝不拖泥带水——这是保证安全飞行的唯一要素。言语不多,却有威严。他很少谈战争,很少谈他的辉煌历史,这跟他的两个副驾驶员截然不同,他们认为法国航空部队是从事航空事业的神圣洗礼。这些飞行员已经经受过战争的洗礼,但对南美洲航线却感到百无聊赖。他们讨论着最新款战斗机的性能,对苏联的米格-9战斗机[①]和雅

---

① 米格-9战斗机,这是苏联二战后研制的首批喷气式战斗机之一,由米高扬设计局研发,采用仿制的德国 BMW003 喷气式发动机,1946 年 4 月首飞成功。

克-15战斗机①，以及美国F-84"雷电"喷气式战斗机②的优点如数家珍。他们也对法国航空业迎头赶上的巨大努力大加赞扬了一番，就在几年前，法国设计出了SO.6000特里同战机③。这是一种双座单引擎飞机，峰值速度可达每小时九百五十五公里——比查克·叶格突破音障时驾驶的飞机贝尔X-1要慢三百公里。这架火箭式飞机形状与机枪子弹极为相似。之前法国开辟了航空邮政航线，让人们养成了"想看看"、"要飞翔"的习惯，之后还要拓展其他范围，这次便是要在音速和空间距离上有所突破。

凌晨一点，在距离降落点三百公里处，星座号与圣玛丽亚控制塔联系上了。在第一波交流中，星座号得到的指令是要调整自己的发报机。机场指挥中心认为它的信号有杂音。亚速尔群岛周围的无线电导航系统确认了飞机的理想位置。区域控制台报告说，天气非常适宜，地面能见度很好。

---

① 雅克-15战斗机，这是由苏联雅克夫列夫设计局研制的亚音速单座战斗机，也是苏联第一批喷气式战斗机之一，1946年首次试飞。

② F-84战斗机，这是美国空军的第一种二战后战斗机，由共和公司设计生产，1946年2月进行首飞。

③ SO.6000特里同战机是法国研制的第一款喷气式战斗机，于1946年11月进行首飞。

第四章　疯狂蒙韦尔

想象一下,他们的城市站立着,站得笔直。

——路易-费迪南·塞利纳①

《茫茫黑夜漫游》

　　贝尔纳·布泰·德·蒙韦尔不喜欢坐飞机旅行。这无关恐惧。他当过飞行员。同样是名英雄。他一九一四年参军入伍,在索姆河②的上空已经取得好几个不俗的战绩。之后在塞萨洛尼基③和布加勒斯特④之间进行的袭击战中,他表现出色,立下了赫赫战功。不管怎样,他内心更喜欢缓缓而行的大西洋客轮。只有在迫不得已的情况下,他才会选择飞机。他来自另一个世纪,代表着一个衰落的世界,他很快就会把位置让给崛起的奔忙一代。布泰·德·蒙韦尔对保罗·瓦雷里⑤的《智慧集》深

---

① 路易-费迪南·塞利纳(1894—1961),法国小说家和医生。代表作为《茫茫黑夜漫游》等。

② 索姆河,法国北部河流。1916 年爆发于此的索姆河战役是第一次世界大战中规模最大的一次战役。

③ 塞萨洛尼基,位于希腊北部,是希腊第二大城市。

④ 布加勒斯特,罗马尼亚首都。

⑤ 保罗·瓦雷里(1871—1945),法国作家、诗人,法国象征主义后期诗人的主要代表。

以为然:"我们不再经历时间。我们不再滋生烦恼。"他是画家,擅长使用简洁的线条和平面几何图形。他喜欢观察豪华邮轮完美的直立面。在这个人眼里,他正在经历的二十世纪存在缺陷,他不由自主地以为这个缺陷很像一个时代的终结,比两次世界大战之间的岁月更像。他感到自己已经被淘汰了,因而也就放慢了节奏,倒也心情愉悦。对于新新人类,他就以另一个时代的夸张来回应他们。他极度讲究穿着,着装完美,强调仪态风度,这就是他对普遍存在的浮躁感的一次次回击。脚踏一双情有独钟、擦得油光锃亮的皮鞋,身穿老气的西装马甲套装,独自一人款款而行,却与世界的步伐格格不入。这芸芸众生,迷失在高楼大厦里,迷失在宏伟壮观的火车站里,迷失在宽阔整洁的马路上,可依然让他念念不忘。从他们身上,他看到了理想的完美再现,看到了平面形状的抗争,看到了垂直面的大众化。先锋派的轻蔑不曾让他伤心,反倒让他安心,因为他从中察觉到一丝感激。道德的错位节奏,让他义无反顾地选择溯流而上。正是基于同样的反应,他于一九二六年,在巴黎艺术最巅峰的时代,决定移民美国。之后,他回来过一段时间。其时,二战已经爆发,纽约成为许多欧洲艺术家的避难天堂。这种"逃亡—邂逅"的行为,也让他自己饱受伤害。他发誓要摘掉社交画家的标签,于是便奔向了大西洋彼岸。他无意于此,却成了富豪们的肖像画家,成为最受"咖啡社交界"①青睐的画家。他曾于一战后描绘非斯②风

---

① "咖啡社交界"(la Café Society)专指生活在纽约、巴黎、伦敦等国际大都市的年轻有为的俊男靓女,喜欢在时尚咖啡店、餐厅进行聚会的社交行为。这个称呼最早是美国记者卢修斯·毕比在二十世纪的二三十年代的《纽约先驱论坛报》中的专栏文章中提出的。

② 非斯,摩洛哥王国第四大城市,非斯古城为世界文化遗产。

景,曾在大西洋客轮上为《时尚芭莎》杂志绘制系列素描,曾为芝加哥钢制建筑和纽约中央车站绘制图画,但他的肖像画与这些都截然不同。他因此受到了交口称赞。一九〇八年,他已然是名艺术受虐狂。他有一幅自画像,并借此获得了国家美术协会同行们的认可。在展览期间,他神情愉悦,而且还以颇不正经的俏皮话回应对他作品的展示:"不,没什么啊,就是一幅我的肖像。"违心地付出努力,有时也会获得成功。这样的姿态很是矛盾,可能会让人觉得失败也有裨益。所以他为一九二九年的金融危机大唱赞歌。富豪们纷纷从摩天大楼顶上一跃而下,向他订画的人少了,不过也让他有时间专心描绘新大陆的广袤无垠。尽管患有严重的抑郁症,他还是把城市的钢筋水泥化为绘画艺术,化作高贵的灵魂,化作忧伤的肉体。老板和业主都了无踪迹,只留下工厂和楼房。

湛蓝深邃的双眼,清晰明朗的轮廓,宽阔饱满的天庭,突显出一副贵族的面容。布泰·德·蒙韦尔,头发紧贴头皮,着装总是十分讲究,流露出冷峻高雅的气质,穿透力强,让人无法抵挡。他不太会让这副尊贵的形象显得模糊不清。蒙韦尔低调深沉,远离中心,完全看不出让他激情澎湃的是何种美妙的疯狂。二十世纪初,他喜欢夜间活动,经常出入马克西姆餐厅①。每天晚上,他们成群结队,比着法地耍贫恶搞,逃避烦恼。时至今日,他还开心地记得,他的同伙拉沃化装成公共汽车司机,把乘客们开去了蓬图瓦兹②。蒙韦尔是个冷面幽默,一直无可挑剔,在任何情境中他都能怡然自乐,包括最令人不安的情况。在二战期间,他让家人站在乡间别墅前,每个人都戴着防毒

面具。这张超现实主义照片正肃静地挂在纽约的公寓内。

一九三六年，一座八角形别墅建了起来，别墅的石基上刻上了一个颇为古怪的名字。这座别墅建在佛罗里达州的棕榈滩，取的名称不无讽刺之意："疯狂蒙韦尔"。

十月二十七日的这个晚上，蒙韦尔结束了自己周期性的流亡生活。他快七十岁了，他发誓不再踏入美国一步。他的别墅"疯狂蒙韦尔"已被出售，于是他把行李打包装箱，然后回国开启他的另一段生活。画家准备在法国度过他的退休生活。几个月前，一项计划让他忙活了好一阵子。一九四八年二月，他接到雷电华电影公司打来的一个奇怪电话：要求他在最短的时间内完成英格丽·褒曼的肖像画，供电影《圣女贞德》①上映之用。连续几天，在罕布什尔新店一间套房内，他让这位女明星手持宝剑。自阿尔弗雷德·希区柯克的《美人计》起，他就对这位女明星仰慕有加。电影中对家庭故事出色的嘲讽不禁让他心中暗暗高兴。他的父亲，莫里斯·布泰·德·蒙韦尔，是一位十九世纪末的插画家，因一八九六年出版的《圣女贞德》画册而享有盛名。这套画册用锌版印刷术来表现水彩画，再现历史壁画的效果。循环就是周而复始，他心想。这显然是雷电华电影公司意料之外的礼物。

在一九四九年秋季，新闻界对导演维克多·弗莱明②极

---

① 《圣女贞德》，1948年出品的美国电影，由维克托·弗莱明执导，英格丽·褒曼主演。
② 维克托·弗莱明（1889—1949），美国电影导演、摄影和制片人，《绿野仙踪》和《乱世佳人》的导演，并由此夺得奥斯卡最佳导演奖。1948年执导了《圣女贞德》。

尽溢美之词,安德烈·巴赞①说这是一部"忠诚而感人"的电影。但蒙韦尔脱不开身去看电影,他在为玛丽·罗杰斯完成最后一份订单,十月底必须交付给罗杰斯。一系列巧合撞到了一起,让我们在 F-BAZN 型客机的乘客名单中看到了画家的名字。礼貌,这种精心组织的冷漠情感,跟他开了最后一次玩笑。蒙韦尔的最后一次旅行,本该是和演员弗朗索瓦兹·罗赛搭乘十月二十六日星期三的航班。登机后,女演员的行李超重,蒙韦尔只得好心地向她让出自己的位子。他向她保证,他很乐意这么做,推迟出发不会给他的行程带来任何影响,而且对她坐视不顾,会比错过这趟飞机更令人感到尴尬。他风度翩翩,言语恳切,又说了一句:"记住柏格森的话,内心的礼貌几乎只是一种灵巧。而今天晚上,亲爱的弗朗索瓦兹,您让我只唯经验的内心有机会展现它的合理性。"

---

① 安德烈·巴赞(1918—1958),法国战后现代电影理论的一代宗师。他创办的《电影手册》杂志对法国新浪漫电影流派产生了重要的影响,因而被誉为"新浪潮电影之父"。

第五章 "我看到机场啦!"

飞机在电报网中穿梭。

——菲利普·苏波[1]

《星期日》

    飞机上,乘务人员准备喊醒卧铺乘客。已经凌晨两点了,根据飞行计划,F-BAZN 型客机再过三刻钟就将降落在圣玛丽亚机场,进行中途补给。除了几次颠簸以外,这趟航行安静顺畅。罗杰·皮埃尔把预计降落时间发给了机场:两点四十五分。几分钟之后,葡萄牙机场控制塔确认准许降落。机长让·德拉努埃推动操纵杆,将其稳定在海平面上方两千七百米的高空。这只是他第三次在亚速尔群岛降落。他习惯北方航线,习惯在爱尔兰中途停靠。在那里,所有机组人员都会涌向免税店,他们甚至戏称沙龙机场为"威士忌机场"。

    圣玛丽亚是亚速尔群岛的九个岛屿之一,由火山岩在海洋中堆积而成。它的机场就像外省的小道,就像一处航空母舰码头。尽管这里疾风不断,但亚速尔群岛一直以来都是中

---

① 菲利普·苏波(1897—1990),法国记者、诗人、超现实主义运动的奠基者之一。

途站,无论是海事上的,还是航空上的。这是大跳跃前的最后一步。到这里来,从这里走。

降落前三十分钟,F–BAZN型客机用无线电向机场控制塔发射信息,示意要比规定时间延迟十分钟,并请求允许其缓慢下降至一千五百米的高度。请求得到了批准,同时控制塔明确告知地面天气,天空晴朗无云,能见度极佳。在驾驶舱内,让·德拉努埃和他的两个副驾驶员正在进行最后的操控,神情专注而自信,更何况岛上的天气状况也让他们放心不少。两点五十分,F–BAZN型客机确认降落的确定时间,五分钟后,他们将降落在圣玛丽亚的大地上。在收到最后的常规许可后,飞机正在接近一千米的高度。降落信息发给了星座号,包括风速、风向和跑道编号。飞行员用"罗杰"回应。无线电词汇跟海事气象的深奥用语一样,让人心醉神迷:道格尔,费舍尔,毫巴,西南部风力增强,维京,蒲福风级,防波堤,亚速尔高气压,著名。对此应用加密语言回应:阿尔法,加油,查理,三角洲,回声,狐步舞,高尔夫,酒店,印度,朱丽叶,基洛,利马,迈克,十一月,奥斯卡,爸爸,魁北克,罗密欧,塞拉利昂,探戈,制服,维克多,威士忌,X射线,美国佬,祖鲁。技术和技术语言,如同是用魔法棒变出来的用语。先进技术和魔法之间的差异变得难以辨别。抛开背景不说,这样做的目的其实就是要让飞机这个庞然大物浮在空中。

乘客们都系好安全带了。马塞尔·塞尔当和乔·朗文说笑着,而保尔·让塞则凝视着舷窗外面。吉内特·内弗靠在琴匣上蜷成一团,里面装着她的两把小提琴,一把是斯特拉迪瓦里小提琴,一把是瓜达尼尼①小提琴。一周之前,她还只有

---

① 瓜达尼尼(1711—1786),著名的意大利弦乐器制作大师。

一把。乘务人员走到飞机前端，坐在折叠椅上，系好安全带，准备飞机下降。

陆地进入了眼帘。两点五十一分，让·德拉努埃宣布："我看到机场啦！"扑面而来的大地笼罩在一片浓雾之中，几缕光芒从天际云雾中直刺下来。竟然下雨了，飞机周围是灰色的云层，这让整个机组颇感惊讶。他们不是说降落时能见度极佳吗？三位飞行员对此表示无法理解。可能翻译有误，没有被更正。导航间内的罗杰·皮埃尔和让·萨尔瓦多里正在检查地面航标发来的坐标。在监视器的上方，可以看到塑质墙面上拧着一块金属板，上面写着"紧急出口"。远处，灯光被云层削弱，隐约可见机场跑道的轮廓。起落架和减速板从 F-BAZN 型客机的中部伸了出来。飞机正在滑向圣玛丽亚机场。

两点五十一分零二秒，控制塔给星座号发去了最后一条信息，但没有回音。

第六章　尼龙时代

在她们的裙子里，

内裤、胸罩以及时髦的衬裙，都是尼龙面料。

——爱尔莎·特奥莱①

《尼龙时代》

　　多重原因的无限巧合，便会导致低概率事件的发生。四十八条生命，有着一系列不可胜数的原因，其中又囊括了如此之多的不确定因素，于是命运就与看法有关。如果以这架飞机作为模型，那么飞机上的四十八块故事碎片构成了一个世界。一项调查如果变幻不定又匆忙仓促，那么就其描述而言，它就超越了研究本身的俗套。调查男性，调查女性。通常比例和社会学样本，正如夏洛特·戴尔博②在《一月二十四日的囚车》中所写：两百三十名妇女，两百三十份个人情况表，记载着排列整齐的时间、地点、事件，只要它们整理得当、构成体

---

① 爱尔莎·特奥莱(1896—1970)，俄裔法籍女作家，她是第一位被授予龚古尔文学奖的女作家。

② 夏洛特·戴尔博(1913—1985)，法国女作家。二战期间参加反对纳粹统治的法国抵抗运动，1943年被关押进奥斯维辛集中营，1945年获释。代表作有《一月二十四日的囚车》《幽灵，我的伴侣》等。

系,就能挣脱形式的枷锁。这些生命,或宏大也好,或渺小也好,仿佛大小不一的俄罗斯套娃。六年前,阿梅莉·林格勒可能也会成为她们中的一员。她可能也会在挎包里塞上一打册子,去参加抵抗运动,然后成为政治犯,被押往罗曼维尔,坐上囚车,关进集中营。阿梅莉可能有二十一岁了。牟罗兹①不再是法国的地名,而是成了德国的地名,成了第三帝国吞并的领土。当希特勒和他的随从耀武扬威地走在这个城市的街道上时,她十八岁。国防军那伸直胳膊的纳粹礼开始流行,从舒弛特山口一直蔓延到老城区。几天之后,所有的街道都弥漫着日耳曼气息。索瓦热大街②被更名为阿道夫–希特勒大街,真是完美的阐释,不过这名字只存在于全城居民的哄笑声中。很快,它便有了对应的文字译名:维尔德曼大街。二十二岁,一九四四年十一月二十一日,清晨,当看见德·拉特尔·德·塔西尼③将军指挥的塞内加尔雇佣兵第六纵队和法国部队进城时,她惊得目瞪口呆。战斗打了两天,之后,十一月二十三日,由摩洛哥雇佣兵组成的第七纵队在坦克的支援下攻占了列斐伏尔军营,这是德军最后的溃退。

在星座号飞机上,阿梅莉正迈向并非她所期望的命运,正迈向闻所未闻的际遇,这际遇让人简直难以置信,这在几周前的茫然疑惑中就已现端倪。阿梅莉是牟罗兹一家纺织厂的绕

---

① 牟罗兹,位于法国东部,是上莱茵省最大的城市,也是阿尔萨斯大区仅次于斯特拉斯堡的第二大城市。

② 此处地名为音译,法语原文为"La rue du Sauvage",意为"野蛮大街"。

③ 德·拉特尔·德·塔西尼(1889—1952),全名让·德·拉特尔·德·塔西尼,法国著名将领,担任过第一次印度支那战争指挥官,二战时先后为法国"维希政权"和"自由法国"进行作战指挥。

线女工。她父母有十个孩子,她是长女。阿梅莉,也是一家钾矿厂的名字,她的父亲在那里上班。牟罗兹的北部坐落着好几座矿井,由新教徒继承管理:尤金、亚历克斯、约瑟夫-埃尔斯、费尔南多、西奥多、马克斯、鲁道夫。牟罗兹工业协会在矿厂边上造了一片工人住宅区,她家就住在那里。每天上午,她的几个弟弟就去钾矿厂工作,而她和妹妹们则去 DMC 纺纱厂①上班——DMC 纺线,它的标志展陈在缝纫用品的橱窗里。林格勒姐妹们要把纺线缠绕、挤扭,刺绣线便可以很快与棉线分开。理顺丝缕的卷轴、线团、线卷、纱筒,都会在针织机上完成。在阿梅莉的摇篮周围,从未有仙女藏在那儿迫使孩子用纺锤刺破自己的手指。不过,她非同寻常的故事正是与一位展望命运的教母息息相关。在二十七岁那年,她收到了一封仿佛预言一般的来信。她的教母在三十年代从阿尔萨斯逃去了美国,听说她很富有,但没人知道究竟有多富有。她先是在底特律当过工人,后来成为一家大型尼龙袜厂的经理。她单身,没有孩子,所有的精力都耗在了职场打拼上。她终于发迹了,于是便叫她的教女来投奔她。九月的一个晚上,全家人聚在一起读着几乎被人遗忘的教母的来信。信中透露的信息消除了所有疑虑:阿梅莉是她唯一的继承人。随信还附有一张二十万法郎的汇票,作为交通费。

　　一切来得如此之快,十月二十七日,奥里机场,只是阿梅莉还未曾意识到。这是她希望内心热烈呼喊的一条消息,一条预言,尽管还充满变数。这是她的首次远行,身处大洋上方

①　DMC 纺纱厂,这是一家阿尔萨斯地区的纺纱厂,位于牟罗兹市,成立于1746 年。

一万六千英尺的高空,此情此景,从未见过。前一天,在转机时,她趁着候机时间去乐蓬马歇百货商场①逛了逛。在那里,她买了一条绿色长裙,一条围巾,并在夏帕瑞丽专卖店②买了一双尼龙袜。阿梅莉有一头褐色的长发,用皮筋扎住。她戴着一顶黑色草帽,前额露出一小撮刘海。她有一双绿色的杏仁眼,脖子上挂着一个埃及银挂件,是安赫护身符,象征着永生。登上 F-BAZN 型客机后,她坐在一位年轻女士的边上,这位女士名叫弗朗索瓦兹·布朗迪埃。她们年龄相仿,颇似姐妹。明天,阿梅莉将在中央车站乘坐火车去底特律,而弗朗索瓦兹,则搭乘另一航班,飞往古巴。

十年后,爱尔莎·特奥莱开始撰写"尼龙时代三部曲":《赊账玫瑰》《月神公园》和《灵魂》。从中勾勒出一个寻找自我的时代侧影,总结思维方式、品位、梦想等方面的发展演变。阿梅莉本来可以成为她笔下的一位女主角,可能是最漂亮的一位。从棉纺女工,变成未来的尼龙女王,从老欧洲的绕线女工,变成新大陆的工业女强人。从丝绸时代过渡到尼龙时代,从有机面料发展成合成面料。

---

① 乐蓬马歇百货商场,位于法国巴黎,是一家具有百年历史的百货公司。
② 夏帕瑞丽专卖店,位于法国巴黎,由意大利时尚设计师爱尔莎·夏帕瑞丽(1890—1973)开设。

第七章　在亚速尔群岛的海面上

……亚速尔群岛附近海域为一千零二十七毫巴，

朝西班牙方向延伸的气压脊为一千零二十五毫巴。

——玛丽-皮埃尔·普朗雄①

《海洋天气预报》

自地面管制员向洛克希德星座号客机发去最后一条信息起，好几分钟过去了。焦虑的情绪明显弥漫开来。飞机本应该已经在圣玛丽亚机场的一号跑道降落。岛屿上空依然明净，并没有被什么声响、光亮或爆炸所撕裂。F-BAZN 型客机像人间蒸发一般消失了。地面上，两名管制员再次呼叫，但白费力气，没有回音。警报是在两点五十三分拉响的，即当地时间二十三点五十三分。搜寻的目标一下子集中在亚速尔群岛周围的广阔洋面上。星座号坠入了大海，除此以外，再没有合乎情理的解释了。"坠入大海"，这些海事方面的字眼、词汇和表述……

坠入大海，在海上来回航行，消失在大海上，跳入大海，坐上轮船，在海上远行，在海上死亡，把瓶子抛入大海，被海水浸

—————————

① 　玛丽-皮埃尔·普朗雄(1961—　　)，法国电台栏目制作人、主持人。

没、灌入、卷走,在海上避暑,在海上掠夺,在海上航行,在海上失踪,在南方海洋多次航行,在海上陷入绝境,通向大海,"海上有个人!"船长大喊,洋底,老水手,海底珍宝,海面升高,大海之中,海面降低,退潮,露出,海浪拍打,海声隆隆,泛起浪花,开凿着、侵蚀着、啃咬着、腐蚀着海边悬崖,毗邻海岸,它发光着、闪烁着,闪光着,闪耀着,它平和了,安静了,落潮了,回潮了,泛起白沫,海浪滚滚,涨涨落落,海水像油、像冰、像沙,变得从属,变得边缘,变得内敛,变得封闭、冷峻、温暖、冰冷、安静、动荡、猛烈、翻腾、平稳、酷热,变成了徜徉在星辰之间、浸润在乳汁之中的阿瑟·兰波①的海洋,潮汐激烈的拍打声,灿若繁星的群岛与岛屿,它们顶上那片谵妄的天空向水手们敞开了胸怀:飞机睡着了,流亡了,就是在这片深不见底的夜空中吗?

　　岛上派出的救援船正在海面上搜寻飞机残骸,搜寻他们期待的幸存者,搜寻他们担忧的遇难者。固定在船首的照明灯扫除了暗礁和一望无垠的大西洋带来的视觉障碍。漆黑的夜晚,汽笛的警报声,探照灯不停地来回照射,随着时间一分一秒无情地流逝,挥之不去的恐惧感经久不散,并最终定格。群岛凌晨一点半。曙光还要过一会儿才会来临,它可以让烟波浩渺的大海显露真正的容颜。几艘海艇在礁石间穿梭,在远处游弋搜寻,它们周围都未曾发现飞机的影子,无论是残片,还是舱体。也没有任何求救声划破这份宁静。只有翻腾的海浪,只有马达的轰隆声,只有海艇破浪前行时海浪在船体

———————

① 阿瑟·兰波(1854—1891),19世纪法国著名诗人,早期象征主义诗歌的代表人物,超现实主义诗歌的鼻祖。代表作有《醉舟》《地狱一季》等。

上的拍打声。无声胜有声。这份无声,至少在夜晚航行时可以听到,它振聋发聩,凝重有度,而天空却是空旷无垠,繁星闪烁,这是何等的悖论啊。

在《天文学大成》①这部数学与天文学著作中,古希腊学者托勒密②首次结合推理方式绘制星空图,共计一千零二十二颗恒星和四十八个星座。在亚速尔群岛上空,夜色苍茫之时,一架以"星座"为名的飞机,上面运载的四十八个人都失踪了。凌晨两点钟、三点钟、四点钟、五点钟,没有一个信号唤醒沉睡的大西洋。在广袤无垠的大海上,波光粼粼的海面映照着大熊座和小熊座,映照着猎户座和天蝎座。

---

① 《天文学大成》,是当时生活在埃及亚历山大的天文学家托勒密于公元140 年前后编纂的一部数学、天文学专著。

② 托勒密(90—168),全名为克劳狄乌斯·托勒密。他是生活在埃及用希腊文写作的希腊裔罗马公民,是一名数学家、天文学家、地理学家、占星家。托勒密写下一系列科学著作,其中有三部重要著作对伊斯兰世界和欧洲的科学发展有着颇大的影响:《天文学大成》《地理学指南》《占星四书》。

第八章　五位巴斯克牧民

我们来了,我们这些牧民!

——让·吉奥诺①

《星蛇》

一九四九年十月二十六日,星期三,五位来自巴斯克地区②的牧民,在波尔多圣-让火车站的站台上会合。他们想着一旦发了财,便可以衣锦还乡。四个小伙子,一个小姑娘,都是农民。

泰蕾兹·埃什帕尔二十岁,还是稚气未脱的小姑娘,一双眼睛乌黑细长。她紧紧抱着她的帆布包,拼命忍住泪水。她要去美国亚利桑那州坦佩市的一家大农场做佣人。三千头牲畜,有小牛,有奶牛,还有猪。她要在那里待上十年。然后,她就带着攒下的钱回国。两个月前,她终于下了决心。然后某个星期二,她便离开了她的家人。

---

① 让·吉奥诺(1895—1970),法国作家、电影编导。吉奥诺被誉为"法国生态文学先驱",其文学作品常以法国普罗旺斯地区为背景,书写自然,直言人生,表现人与自然之间的哲理关系。

② 巴斯克地区,位于西欧比利牛斯山西端的法国、西班牙的边境一带,包括位于西班牙境内的巴斯克自治区、纳瓦拉,以及位于法国境内的北巴斯克。该地区为巴斯克人聚居地,通行巴斯克语。

在五位牧民中,年纪最大的叫纪尧姆·肖隆。他二十八岁,体格健壮,外貌俊朗。他毫不后悔离开自己的国家。他一直渴望拥有宽广的平原,就是那里,加利福尼亚的平原。

让-路易·阿朗贝尔,十九岁,是这群阿尔迪代①年轻人中的小弟弟。他离开了他的父母和三个兄弟。对他们而言,可以少张嘴吃饭,而他也可以追求更美好的未来。因而他的离开不会引发忧伤。他要去投奔他的叔叔。他叔叔是洛斯巴诺斯的农场主,在加利福尼亚州。他亲爱的玛丽淑,就是出发前晚他久久拥抱着的姑娘,足足要等他十年。一座小山顶见证了他们彼此之间的海誓山盟:等他一回来,他们就去买块地,就在山脚下,就在谷地里。

让-皮埃尔·阿杜利兹,他的离开没有什么损失,也没有什么收益。但他还是要去。他二十一岁,自五岁起就在阿尔迪代做佣人了。他口袋里揣着和牧民签订的合同,这足以给他带来幸福。他的四个妹妹可能有一天也会加入他这一行,至少,他希望如此。

让-皮埃尔·苏基比德,二十五岁,和阿杜利兹一样,也是去做佣人。他父母有七个孩子,他排行老大。和大部分人一样,他并没有什么远大的抱负,但能去爱达荷州的波卡特洛市,他还是感到非常高兴。他希望有一天,也许是十年后,能够在家乡拥有一座白色的房子。在屋檐下,他和那些从美国回来的长辈们聚聚,听他们讲讲马匹,讲讲牛仔,讲讲怀俄明州、得克萨斯州和科罗拉多州那里一望无际的农场。他们的嘴里甚至会冒点英语出来,以博人一乐。

---

① 阿尔迪代,位于法国西南部,是法国—西班牙边境的一个市镇,隶属于比利牛斯-大西洋省。

　　五位年轻的牧民,他们出国是为了回国,他们动身出发,是为了日后在山谷安家,绕了很大的一圈,但这是他们唯一的办法。这些了不起的牧民,怀着满满的希望去美国投奔他们已经早到一步的亲朋好友,他们暂别比利牛斯山的乡间小路,去开拓陌生的山区,与农场主签订十年、十五年的合约。合约期满后,他们便荣归故里。他们既有钱又骄傲,自然成为村民眼中的"美国人"。

　　巴斯克牧民声名极盛,受人褒扬,因为他们热爱工作,热爱牲畜。由于在自己的家乡没有土地,他们便穿越广阔的边境,去寻找土地开垦种植。他们跨越的距离前所未有,转场放牧要进行好几个月。冬天在荒漠放牧,春天则在海拔近三千米的高山牧场放牧。报酬一百七十美元,相当不错,更何况美元还挺值钱。当时的汇率是一美元换三百五十法郎。因此,在三十至六十年代,成百上千的巴斯克农民迁居到美国,在拼命追求财富的过程中成了散居世界各地的移民。在大西洋彼岸,每个人都说自己的方言,他们组成了统一的团体,闲暇时就在谷仓里打打壁球。一些人没有回来,一些人在那里结了婚,一些人在那里离开了人世。于是他们的墓志铭上便会刻上这样一句:"荣誉属于你,巴斯克牧民。"抑或刻上格雷戈里·伊图里亚的诗句:

　　　　来到这里中了诡计

　　　　心生悔恨

　　　　这个地方,恨不得赶快逃离。

　　火车上,五位牧民由蒙隆先生陪送着,他们大声地聊着天。三位"让先生"——让-路易·阿朗贝尔,让-皮埃尔·阿杜利兹,让-皮埃尔·苏基比德——叽叽喳喳嚷个不停,就像远房亲戚的争吵一般。三个村民很快在纪尧姆·肖隆和泰蕾兹·埃什帕尔身上找到了一位共同的表兄弟。在这个山谷，居住着一个庞大的家族。在二等车厢里，牧民们的隔间里回荡着昆特地区①的乡音。这个地区位于下纳瓦拉的西部②，路易·吕西安·波拿巴③亲王在其一八六三年出版的著作《巴斯克七省地图》中有记载。他们不停地哼唱故乡的曲调，让-路易则高歌一曲《夏日时节，鹌鹑在麦田歌唱》。起航时的悲伤，山谷的乡愁，盖过了精彩冒险的诱惑，也盖过了内陆边境不断向前推进的诱惑。他们走后，留下了九百二十名村民待在家乡，留下了门楣，留下了有着白色百叶窗和棕色大门的白房子，留下了被努埃普河一分为二的景色，留下了穿过村庄的滔滔河水。他们的话题转向了飞机，说到飞机的翱翔，多么疯狂的事啊。

从奥斯特里茨火车站④开始，牧民团便开启了探索巴黎之旅。在终点站酒店，他们拿着地图，在上面用别针标记出值得一去的景点。十月二十七日星期四，在埃菲尔铁塔的顶端，蒙隆先生把他们旅行的瞬间永远定格。在这张集体照上，从左往右分别是：两个让-皮埃尔，纪尧姆，让-路易。中间坐着的姑娘，身材矮小，褐色头发，眼睛盯着镜头，她正是泰蕾兹。

---

① 昆特地区，位于法国一西班牙边境，地位较为特殊，属于西班牙领土，但由法国行使管理权。

② 纳瓦拉是西班牙北部一个自治区。前身是一个独立王国，1515 年上纳瓦拉与西班牙合并。1589 年，由于国王"纳瓦拉的亨利"（本名亨利·德·波旁）继承法国王位，成为亨利四世，下纳瓦拉与法国合并。

③ 路易·吕西安·波拿巴（1813—1891），拿破仑家族成员，法国语史学家，巴斯克语言学家。

④ 奥斯特里茨火车站，位于法国巴黎市东南角，是法国国营铁路公司在巴黎的六大列车始发站之一。

照片上方,就在巴黎天空的上面,用羽毛笔签上了地点和日期。

在奥里机场,牧民们还在用巴斯克方言嚷嚷,他们聚在飞机后部,继续着从波尔多火车站起就一直未曾停歇的谈话。兴奋过后,便是飞行的焦虑。当飞机在两个云团间飞行时,话语又再次释放。塞尔当就坐在十多米远的地方,这让他们惊讶不已,久久缓不过神来。

第九章　盘旋而上

黎明凄楚不堪。

——阿瑟·兰波

《醉舟》

　　亚速尔群岛晨曦初露。葡萄牙当局的船只一直希望找到星座号飞机的踪迹。圣玛丽亚机场有八架飞机起飞搜寻 F-BAZN型客机。他们飞越岛屿，飞越塞拉佛得角山脉，飞越瓦拉皮库特峰，全方位搜索这座因火山喷发而形成的岩石峰。圣玛丽亚是一座海岛，在大西洋之中宛若一艘静止不动的客轮，数以千计的牧民和渔民与世隔绝地生活在上面。一九四九年十月二十八日星期五的这天早晨，八架飞机凝成雾滴的尾气交织在一起，将天空割得四分五裂。白色的尾迹线，如同绘制的群岛地图。

　　好几个小时悄然而逝，星座号飞机还是无影无踪，像是在亚速尔群岛的三角地带中完全蒸发了。应官方要求，保罗·戈梅斯的搜寻飞机正飞离目标区域，朝北方飞去，朝公海飞去，朝着圣米格尔岛和特塞拉岛的方向飞去。凭着直觉飞去。在圣玛丽亚岛和圣米格尔岛之间，飞行员发现雷东多山①正

---

　　① 该山位于葡萄牙亚速尔群岛的圣米格尔岛。

发出某种烽火信号,团团烟雾正从那里冒出。山峰上的滚滚
浓烟盘旋而起,冲向天空有数米之高,升腾至半山腰的云雾之
上。电报发出纯粹的吟唱声①:

> 你们的抗争②烟消云散
>
> 你们的抗争化作云团
>
> 化作疑云密布的云团

保罗·戈梅斯继续向北飞去,飞过雷东多山,在海拔一千
两百米的高空,围着山峰盘旋,在一侧山坡上发现了解体的星
座号,正在熊熊燃烧。机翼断裂,在下方几百米处,是四引擎
发动机的残骸。油箱位于机身中部,飞机上剩余的燃油已被
耗尽。在这只被肢解的大鸟周围,有些颇似幸存者的身影在
晃动。

> 你们的抗争烟消云散
>
> 噙满泪水的双眼
>
> 看到的是奇特的蜻蜓

希望又在救援飞机上重新燃起,飞行员随即向控制中心
汇报了这一情况。过了几分钟,圣玛丽亚管理机构向里斯本
发电报:"F-BAZN 型客机已找到,阿尔加维亚山顶,位于圣米
格 尔 岛 东 北 ——STOP③——飞 机 报 告,有 幸 存 者 ——
STOP——请赴现场——STOP。"法国航空公司收到了该信
息,是今天下午早些时候在巴黎收到的。圣玛丽亚岛派出的
营救船正驶向圣米格尔岛,航空公司则派飞机进行紧急救援。

---

① 此处引用法国歌手阿兰·巴尚(1947—2009)创作的歌曲《盘旋而上》。
② 在这首歌中,此处歌词"你们的抗争"(vos luttes)和歌曲标题"盘旋而
   上"(Volutes)的法语原文发音相同。
③ "STOP"在此是电报中代替标点的用词。

你们的抗争烟消云散

化为美妙的笛声

残酷的希望

向我投来

短剑与长枪

却是无心之伤

第十章　事故连连

一连串的事件,它们在相互关联中又会相互抵消。

——乔治·佩雷克①

《生活的使用指南》

　　祸不单行。珍妮·布朗迪埃一九四九年七月回法国,是为了赶快回到她女儿弗朗索瓦兹的身边。哈瓦那,初夏时节,没有任何征兆显示巴黎正在发生的悲剧。弗朗索瓦兹在外语学院学习西班牙语,一年以来住在家庭公寓内。这所公寓位于十七区的马勒泽布大道,离瓦格兰大街和圣弗朗索瓦-德-萨勒教堂不远。这年夏天,她二十一岁。她的表兄弟们组织了一场默伦②至巴黎的赛车比赛。她的朋友热拉尔驾驶的雪铁龙十一缸前驱赛车径直撞向路边的一棵大树,挡风玻璃全部震碎,引擎盖撞得四分五裂,轮毂扭曲成麻花状,树干冒出了浓烟,两名乘客被甩出车外。弗朗索瓦兹受伤严重,被送进医院。她头部受到重创,陷入了昏迷。她的姐姐莫妮克和姑姑丹尼丝在一旁看护着她,看着她挣扎在生与死的边缘。有

---

①　乔治·佩雷克(1936—1982),法国当代著名的先锋小说家。代表作《生活的使用指南》是法国现代文学史上的杰作之一。

②　默伦,位于法国法兰西岛大区,是塞纳-马恩省的省会。

人说她没有救了。她接受了一系列紧急手术治疗。她的两条腿都断了。在走廊里,凳子上坐着一位她家人的朋友,面露倦容,他是乐团指挥夏尔·孟许。

珍妮很快收到了通知,她搭乘经停纽约的哈瓦那—巴黎的第一班航班。她到达后,医生对诊断结果仍持保留意见。看到她女儿已经没有意识,珍妮发誓一定要把她带回古巴。几天后,皮埃什教授决定做开颅手术,消除瘀血让她清醒过来。手术很成功,她正在逐渐康复。她被转移至基督教教会医院,随之是漫长而痛苦的康复期,得分好几个阶段。检查时间也变得更长,破碎的只言片语要连成句子,然后才能交流,才能提问,才能回答。她走起路来蹒跚不稳。八月份,她终于可以在荣纳省①的大地上走走。她要求去事故现场看看。照片上的她站在树下,面带微笑,庆幸自己的死里逃生。她拄着拐杖,走在这片法兰西外省的草地上。九月份,她回到了马勒泽布大道的公寓。显然,她下一年度无法在大学注册了。万圣节时,她会去古巴。世界的另一头,既是丈夫又是父亲的让·布朗迪埃生病了,他催促她赶快上路,于是出发日期就定在了十月二十七日。

一八九九年,阿尔贝·布朗迪埃怀揣六百美元,来到这片当时是西班牙殖民地的国度,开办了一家经营法国商品的进出口公司。在他的箱子里,除了两件衬衫、几副男裤背带、几双袜子,还有娇兰和薇姿的主打产品,他用这个皮质橱窗展示自己希望引进的产品。生意时好时坏,不过公司在业务集中发展中渐渐有了规模,最终成为法国制药产品的代表处。布朗迪埃药品公司把原料打包装箱,并在哈瓦那设立一家专营

---

① 荣纳省,位于法国勃艮第大区。

老欧洲药品的药店。一九二七年,他决定由他的长子让接管生意。一九三九年九月,战争的阴影笼罩全球,布朗迪埃一家乘坐一艘悬挂美国国旗的轮船回到法国。由于让是法国军队的预备役军官,所以他被俘了。在战俘营中关押了两年之后,他这位有着四个孩子的父亲被放了出来。回到巴黎后,由于患有肾结核病,他的身体日渐虚弱,但他依然惦记着他那些在德国身陷囹圄的同胞们。他加入了红十字会,为促成这些同胞的解放积极奔走。投降条约签订后,布朗迪埃一家回到了哈瓦那。药品公司只剩下挂在门口的布朗迪埃招牌。瓷砖地面落满了灰尘和玻璃碴,而在战争爆发前,白色的瓷砖明亮如镜。让签订了许多借款合同,以期东山再起。他开工建设了一幢新建筑,继续履行着阿尔贝的使命。

自那以后,古巴成了美国的妓院和赌场。在"福星"卢西亚诺①和他的伙伴迈耶·兰斯基的强权管理下,哈瓦那成了国中之国,成了美国的意大利黑手党的游乐场。他们的老窝在国家酒店。一九四六年圣诞节,"福星"卢西亚诺刚从监狱出来,就在那里组织了黑手党大集会。从布雷顿森林协定②到黑手党事务,共有上千名与会者,其中有卡波恩表兄弟、查理、罗科和约瑟夫·菲舍第,他们都是坐飞机到的,箱子里放着弗兰克·西纳特拉③的唱片。黑手党集会的议事日程:岛

---

① "福星"卢西亚诺(1898—1962),全名查理·卢西亚诺,意大利裔美国人,"福星"是他的绰号。卢西亚诺是美国知名罪犯、黑帮大哥,被称为美国"现代有组织犯罪之父",电影《教父》里老教父形象即以他为原型。

② 1944年7月,西方主要国家的代表在美国新罕布什尔州布雷顿森林举行会议,就货币的兑换、国际收支的调节、外汇储备的构成等问题达成若干协议,这些协议被总称为布雷顿森林协定,布雷顿森林体系正式形成,这是一个以美元为国际货币中心的货币体系。

③ 弗兰克·西纳特拉(1915—1998),著名美国男歌手和奥斯卡奖获得者,被公认为20世纪最优秀的美国流行男歌手之一。

上的赌场控制,巴格西·西格尔的债务清算,调解两个"阿尔贝"的冲突——阿纳斯塔西娅和热诺维兹——以及压轴事项,"福星"卢西亚诺作为"所有老板的老板",他宣布自己肯定会回到意大利,回到那不勒斯。这是个畸形繁荣、腐化堕落的古巴。一九四七年,菲德尔·卡斯特罗①还只是一名年轻的法律博士,革命首先在多米尼加共和国揭开序幕,在那里吹响了反对独裁者特鲁希略②的革命号角。一九四八年十月,菲德尔娶了内政部长的妹妹。这位部长是位政治强人,早些年曾经在香蕉产业的控制问题上帮助美国人抗击法国人。

对布朗迪埃药品公司而言,古巴革命还很遥远。一九四九年十月二十七日,珍妮和弗朗索瓦兹的行李箱被搬上了出租车,开往奥里机场,母女俩一同回到哈瓦那。

---

① 菲德尔·卡斯特罗(1926—),古巴政治家、军事家、革命家,古巴共产党、古巴共和国和古巴革命武装力量的主要创立者和领导人。

② 特鲁希略(1891—1961),全名拉斐尔·特鲁希略,曾两次任多米尼加共和国总统(1930—1938、1942—1952)。从 1930 年开始,以军事强人的姿态,在幕后担任多米尼加共和国的独裁者,直到 1961 年被暗杀,统治多米尼加共和国长达 30 年。

第十一章　阿尔加维亚

他们对金钱的觊觎无以复加

盘算着抢劫轮船会有怎样的收益

——塞尔日·甘斯布①

《货轮崇拜》

　　每天发行的《法兰西晚报》可以一天出版七期。一九四九年十月二十八日星期五出版的第四期中,皮埃尔·拉扎雷夫计划用几个专版报道亚速尔群岛的悲剧,从而再现"焦急等待中的事件进展":

　　　　九点二十六分——法国航空公司在一份声明中宣布,对马塞尔·塞尔当及其他三十六名乘客乘坐的飞机表示高度关切:"已经迅速派遣飞机和船只进行搜寻。截至九点钟,还未有结果。"

　　　　九点五十分——首个反馈细节。星座号在三点五十五分②发出最后一条信息:它当时正准备在亚速尔群岛

---

① 塞尔日·甘斯布(1928—1991),法国歌手、作曲家、钢琴家、诗人、画家、编剧、作家、演员和导演。

② 此处《法兰西晚报》对时间的表述与实际情况不符,应为"两点五十五分"。这里是作者为让读者感受当年事故发生后的舆论反应,未作修改而直接引用当时《法兰西晚报》"快讯"中的新闻。

降落。之后,就毫无声息了。

十点十五分——法国航空公司的一名代表宣称,飞机失联可能由技术故障造成:天气条件不利于无线电传输。

十点二十五分——巴黎与葡萄牙岛屿保持联系,已经可以声明的是,飞机没有降落在圣玛丽亚岛。

十点五十分——奥里机场宣布,飞机在亚速尔群岛附近的海面上失踪。

十一点三十分——没有飞机的任何踪迹。但人们依然抱有希望,尽管很微小,希望飞机可能已经降落在群岛的某个小岛上。此外还补充道,当飞机飞过亚速尔群岛的机场时,它上面的燃油还可以飞行四小时。飞机上配有橡皮艇,如果在水上迫降,乘客和机组人员不一定会死亡。

十二点十分——奥里机场宣布,飞机可能降落在距离圣玛丽亚机场七分钟距离的地方。几分钟后,法国航空公司对此加以否认。

十三点十三分——晴天霹雳:巴黎—纽约航班的飞机残骸已经被一架搜寻飞机找到,位于圣米格尔岛的阿尔加维亚山顶,距离圣玛丽亚七十五公里。

十五点——矛盾的消息:有人看到飞机燃烧坠落,但也有人看到幸存者,他们可能向救援飞机的飞行员发出信号。

而在奥里机场,航空公司的斡旋行动从一大早就已开始。在职员办公室里,每个人都在回忆着在亚速尔群岛失踪的同事。空姐们,她们有个朋友叫苏珊·罗伊格,是位打扮入时的姑娘。她对自己的工作感到厌倦,总说要辞职。而飞行员们,他们还记得夏尔·沃尔菲的笑话,记得两周前雷蒙·贺东与一个阿尔及利亚女孩结了婚。大家依然相信奇迹的发生,他们可能还活着吗?一大群记者在伺机窥探着蛛丝马迹,机场的酒吧男招待亨利便向他们提供信息:"这不可能。昨天晚上,我还给马塞尔服务过。他就一直坐在酒吧的这个角落,不停地给人签名。"

候机大厅里,有一位来自巴勒斯坦卢德市的乘客。由于天气原因,他的飞机在罗马延误了,他因此没有搭上飞往纽约的 F-BAZN 型客机。他为此怒不可遏,大声咆哮,突然,他的怒火变得悄无声息。登机柜台的小姐告诉他,十月二十七日巴黎飞往纽约的航班失联了。

法国航空公司的危机处理团队从半夜就开始工作。在收到葡萄牙机场发来的电报后,公司管理层决定启动自己的救援工作。主任马克斯·伊曼和营运主管迪迪埃·多哈,他们共同任命夏尔-亨利·德·莱维斯-米尔普瓦为民航督察员,全权负责此项救援任务。莱维斯-米尔普瓦公爵是戴高乐将军的亲信,曾经在伦敦做过戴高乐将军的武官,是航空界的骄子。他是雷诺阿的电影《大幻影》中布瓦尔迪厄队长的远房亲戚。而且,他与皮埃尔·弗雷斯奈有几分神似,他们在照片上都是穿着军装,戴着白手套。几周之前,他在阿尔泰姆·法亚尔出版社出版了一本有关航空简史的书籍:《飞机时代》。

中午时分,法国航空的救援专机起飞了,里面坐着莱维斯·米尔普瓦、法布尔、富尼耶、马里昂和热努亚。这架法国救援团专机在飞行途中随时了解搜寻进程,它尝试在圣米格尔岛降落,但没有成功。岛上的跑道不适合降落。十七点整,他们的飞机只好返回圣玛丽亚岛机场。他们必须过上一夜,之后再飞去悲剧发生的岛屿。

执行搜寻任务的飞机发出信号后两小时,葡萄牙首支救援队便抵达了蓬塔德尔加达①。这支救援队与当地救援队汇合,一起朝阿尔加维亚村庄行进,这个村庄位于雷东多山山脚。中午刚过,他们便在当地村民的陪同下奔赴坠机地点。要攀爬差不多八百米,要走过陡峭泥泞的山路,才能看到飞机残骸。在山峰上,F-BAZN型客机摔得支离破碎,气息奄奄,还在冒着熊熊火焰。地上到处是燃烧的机身碎片,惨不忍睹。"康妮"制造只剩下废铁一堆。雾气与浓烟混在一起,变成一团云雾,随风飘扬。机翼断成几截,在泥泞的地上砸出道道坑洼。而在山上搜寻,最后却只搜到横在地上的散了架的螺旋桨叶片。在这无比悲凉的场景中,没有一位幸存者。救援队痛苦地发现,先前看到的在飞机残骸边上晃动的身影,其实是前来趁火打劫的村民。整个上午,星座号运载的货物和乘客行李已经被洗劫一空。前天晚上,村民们被一记巨大的爆炸声惊醒。他们朝远方的天际望去,发现山顶上火光一片。胆子最大的村民在深更半夜就冲了上去。

雷东多山海拔达一千米,山顶像个土包。飞机就掉在那片山影之中。星座号迎面撞向了山峰。它是全速撞上去的,坠落,解体,沿着山坡滚落下来。乘客们有的被困在机上,有的被弹了出来,都成了焦黑的尸体,难以辨认。工作区很快被围了起来,葡萄牙救援队直接把尸体搬到一起。遇难者的身份确认已然成为一项真正的挑战。

《法兰西晚报》的第六期浇灭了所有希望:

----

① 蓬塔德尔加达,葡萄牙的一座城市,位于亚速尔群岛中的圣米格尔岛。

十八点零七分——根据圣玛丽亚的电报:"没有幸存者。"

十八点十分——根据阿尔加维亚村民的描述,飞机撞到山上起火。

十八点十三分——大家都心里有数。这场灾难规模空前浩大。法国航空公司刚刚发布公告:"救援队已经抵达失事地点。没有发现幸存者。"

就在那天晚上,演员丽塔·海华斯的丈夫、巴基斯坦的阿里汗亲王侥幸躲过了一场空难。当时飞机遇到故障,紧急迫降在伦敦郊区的克罗伊登机场,它刚刚才从那里起飞。飞机靠着仅有的一个发动机安全着陆。阿里汗亲王随后搭乘了另一架飞机。

第十二章　第五百万只米老鼠手表

当火车发生脱轨,让我备感伤心的,是一等车厢的遇难乘客。

——萨尔瓦多·达利①

凯·卡门给他公司的副总写了一封信,并于他出发前一天寄出,即一九四九年十月二十六日星期三。在这封信里,卡门和他最亲密的合作者打趣,说自己患有飞机恐惧症。当然这是个玩笑,因为商人容易患上医生所谓的"飞机恐惧症"或"机场恐惧症"。一九四九年五月四日发生的苏佩尔加空难②,更加重了他的不安。一架菲亚特 G212 客机,撞上了波河平原上的苏佩尔加大教堂,机上载有的整个都灵足球俱乐部球员都不幸罹难。其中有几位是战后最著名的球员,他们刚刚获得第五个意甲冠军。无论对于都灵球迷,还是对于整

---

① 萨尔瓦多·达利(1904—1989),西班牙超现实主义绘画大师。达利与毕加索、马蒂斯一起被认为是 20 世纪最有代表性的三位画家。

② 1949 年 5 月 4 日,载着出访葡萄牙里斯本与本菲卡进行友谊赛、正在回程的意大利甲组足球联赛都灵足球俱乐部球员的一架菲亚特 G212客机,因能见度过低,不幸撞进都灵东部的苏佩尔加山区,客机上 31人全部遇难,其中包括 18 名球员、球队职员、记者和 4 名机组人员。

个意大利,这都是一幕悲剧。

但在卡门眼里,这并非是他工作的障碍,而是说笑的资料。他为了自己的生意,无所畏惧。一九三二年七月的一个上午,当他把五万美元扔在沃尔特·迪士尼的办公桌上,好似在赌场上孤注一掷,他岂不是在拿他的职业生涯豪赌吗?他是一位隐匿低调的人,但这是怎样的隐匿低调啊,他是推销之王,他是二十世纪最成功商业模式的发明者:经营动画的衍生产品。这个男人身材矮小,嘴里总在咕哝,一副圆框大眼镜后面隐藏着他缜密的心思。他留着中分头,梳得一丝不苟,这既体现了他的严肃认真,又流露出他的古灵精怪,颇为矛盾。他有极佳的商业意识,因而成为迪士尼兄弟的幸运之神,成为他们的救命稻草,成了公司的吉明尼蟋蟀①。

这种商业意识,是卡门凭借其丰富的经验而获得的。他的第一次大动作是把《小捣蛋鬼》的衍生产品商业化,它是哈尔·罗奇②在二十年代出品并大获成功的系列电影,讲述了一群贫苦孩子在美国南部发生的故事。这群孩子以小胖子斯潘基为首,有小英雄阿尔法法,有漂亮的达拉,有小不点博尔基和他的跟屁虫巴克,有小黑人,还有他们的杰克罗素㹴犬皮特。这部系列电影最大的成就便是充分挖掘出儿童的自然本色,这与当时流行的夸张风格截然不同。凯·卡门从中演绎出一套基础战略,并在几年之后运用到迪士尼的动画人物身上,将其发挥到极致。他懂得从这些短片中汲取成功经验。衍生产品众多,包括卡通模型,印有卡通形象的笔袋、书包、动

---

① 这是迪士尼1940年出品的动画电影《木偶奇遇记》中的动画形象,是一只身穿礼服的蟋蟀,性格幽默,心地善良,陪伴主人公匹诺曹四处冒险。
② 哈尔·罗奇(1892—1992),美国电影导演。

画、杂志,还有糖果类产品,如斯潘基糖果、"小捣蛋"牌口香糖等。全国儿童认同罗奇的这群捣蛋鬼,使得这些形象成了一台神奇的印钞机。

和很多美国人一样,凯在一九二九年的金融危机中几乎失去了一切。他在纽约重操旧业,又做起了售货员。他对迪士尼工作室的早期设计很感兴趣。一年以前,在一辆纽约开往洛杉矶的火车上,沃尔特正在设计一只长着大耳朵的老鼠,起先叫作"莫蒂梅老鼠",后来叫作"米老鼠"。一九二八年十一月十八日,工作室的标志连同米妮鼠和皮特狗,在百老汇的殖民大影院一起展现在公众面前。当时《威利号汽船》在这家影院首映,这是世界上第一部声音与画面同步的动画片。在时长七分钟的影片里,米老鼠用吊钩勾住米妮鼠的裙底裤,把她钓到船上,抓住猫的尾巴甩上几圈,卡住鹅的脖子让它唱歌,把三只吃奶的小猪变成了一架精巧的钢琴。新的动画形象诞生了,首先是布鲁多狗,然后是唐老鸭。米老鼠走出国门,走到了意大利,走到了日本。彩色印片法将引发动画界的巨大变革,沃尔特经过谈判获得了两年的独家使用权。一九三二年,《花与树》摘得奥斯卡最佳动画短片奖,而沃尔特也因为创造了米老鼠而获得荣誉奖。从此以后,迪士尼虽有负债,但已俨然成为娱乐产业欣欣向荣的象征。公司衍生产品的经营还处于起步阶段,而此时遇到凯·卡门则让产品营销呈爆炸式增长,让动画工作室华丽变身为商业帝国。

一九三二年七月,当卡门用力敲开迪士尼兄弟的大门,他便打出了自己的最后一张牌。要么一败涂地,要么大获全胜。这是他职业生涯中最惊心动魄的时刻,他签订了一份最疯狂

的合同:他要保证迪士尼每年收入五万美元,而迪士尼一分也
不用花。作为回报,他自己保留一半销售收益。这样一个提
议,他们无法拒绝。因此,卡门关闭了自己的人寿保险公司,
抵押了自己的房子,然后把钱并在一起,跳上了开往好莱坞的
第一班列车,甚至连车票都没来得及买。在四天的旅程中,他
反复盘算,不断想象他谈判对象的各种反应,直至精疲力竭。
同时坚定立场,表现镇定,希望借此赢得两兄弟的赞同。交易
在经济上成功的必然性并不会消除事务中注定随机的特性。
他对此很清楚。所以他不惜一切代价来掩饰萦绕心间的焦
虑。合同已经准备就绪,对工作室的零风险承诺,换取迪士
尼衍生产品的独家经营许可。他因为没有预约,所以在秘
书办公室被撂在一边,等了很久。他就这样等了几天,最后
终于获得了梦寐以求的馅饼:凯在七月一日去了迪士尼兄
弟的办公室,一个公文包满载着他的未来,两个签名押上了
他的赌注。在惯例式的寒暄之后,他就开始详细介绍他的
计划,脸上不时应景地露出惊讶之情,然后拿出合同和五万
美元现金。过了几分钟,三个男人在上面签了字,并为这一
合作举杯庆祝。

　　独家经营权拿到后,凯·卡门公司梳理了现有的所有许
可证,推出了工作室的衍生产品。这次打赌打对了,因为从一
九三二年圣诞节开始,凯·卡门支付了两百五十万美元的特
许经营权使用费,这让他的合作伙伴惊讶不已,而他自己也按
照合同条款规定,赚进了同等金额。这个风驰电掣般的成功,
它的基础就是八月起推出的米老鼠圆锥蛋卷冰激凌。到夏季
结束时,总共卖出一千万只蛋卷冰激凌。孤注一掷成就了商
业大师,"公民"凯诞生了。就在这个夏天里,当游客们一边
闲逛一边吃着蛋卷冰激凌时,木栈道和冲浪大道发生火灾,使

康尼岛①遭受重创。成千上万的度假者聚集在沙滩上,默默地看着这场由孩子点燃火柴而引发的灾难。

被沃尔特开始戏称为"米奇凯·卡门"的这个人,并没有在这条锦绣大道上止步不前。在他的推动下,《米老鼠杂志》在一九三三年推出。这本每月发行的杂志,由奶制品商赞助出版,在电影院和大商场分发,产生了出乎意料的广告效果。卡门以星星之火掀起了燎原之势。虽然此时大萧条还在逼迫着数百万美国人,但他却在设想着迪士尼有史以来最具收益的商业计划:米老鼠手表。这个商人自己绘制原型草图,表面中心绘有一只米老鼠,它戴着手套的一双大手用来指示时间,走动的时候交织在一起,分别表示秒针和分针,同时将动画形象生动地表现了出来。米老鼠的脚下有三只小鼠,可以充当秒表。这个创意出售给了英格索兰-沃特伯里钟表公司,这家公司受到经济危机的重创,一九三三年已经濒临破产。米老鼠手表把公司从破产边缘挽救了回来。取得的成功也是前所未有。在该手表推出的第一年,纽约梅西百货公司卖出了一万一千只。自一九三五年起,总共卖出了两百五十万只手表。英格索兰向迪士尼支付了二十五万美元的特许使用费。卡门要让美国数百万孩子戴上手表,他以自己的方式回应了赫伯特·胡佛②对家家锅里有只鸡的承诺。通过他的特许经营体系,他专门来拯救处于破产边缘的企业。迪士尼轨道小火车每个卖一美元,这样便帮助了莱昂内尔公司的复苏。这个商人编撰的假期产品目录也促进了迪士尼衍生产品的指数

---

① 康尼岛是位于美国纽约布鲁克林区的半岛,岛上设有多家游乐园,是著名的海滨度假胜地。

② 赫伯特·胡佛(1874—1964),全名赫伯特·克拉克·胡佛,美国第三十一任总统。

级增长。卡门策划的营销战略结出了累累硕果,迪士尼的卡通形象得到了推广,因此三只小猪和大灰狼的玩偶在一九三四年极为畅销。凯·卡门公司的规模不断扩大,他的经营模式也在不断拓展。凭借风靡世界《白雪公主》积累的资金,他把他的商品目录翻译成十九种语言。与几个月后出售海外特许经营权所带来的收益相比,这项投资简直微不足道。销售目录上布满了印有动画形象的糖果、玩偶、服装和玩具,每有新品发布,便实施同样的策略。一九三八年,光小矮人的特许经营费就收取了数十万美元。

直到第二次世界大战爆发,迪士尼公司才中断了上升势头。那时,公司通过参战来奠定他的知名度。一九四二年七月十四日,迪士尼公司与洛克希德飞机公司(即后来生产星座号飞机的公司……)合作,拍摄了一部有关飞机铆装技术的动画片,是一部讲述技术操作的短片,名为《铆接的四种方法》,供培训美国政府招募的技术员使用。参军入伍的动画师们在整个战争期间创作了好几部动画短片,供军方使用——从武器使用到军事战略——以及几部宣传片,如《明镜元首的面孔》和《空军制胜》。对于动画工作室而言,这是顺势而为的壮举,也是时运多舛的无奈。他们的动画作品也是独裁者们的最爱:难道希特勒不认为《白雪公主》是部杰作吗?难道他不是出于敬仰之情才翻录《七个小矮人》和《木偶奇遇记》吗?难道一九三五年墨索里尼没有邀请沃尔特·迪士尼在托洛尼亚别墅讨论《三只小猪》和米老鼠吗?

战后,迪士尼工作室和与之合作的凯·卡门的事业蓬勃发展,势不可当。一九四七年起,沃尔特·迪士尼仅营销一项就入账一百四十八万零五百二十二美元。沃尔特一定要找个机会庆祝这一合作,赞扬凯·卡门的忠诚与才华。一九四九年,为庆祝第五百万只米老鼠手表的销售,沃尔特举行了一场盛大的庆典。不过,在这些亲密的表象后面,却隐藏着迪士尼兄弟希望逐渐摆脱凯·卡门的意图。在十月二十七日星座号起飞的前几周,卡门看到有份合同的续签工作受到了挑战,他觉得合同中有关收益的规定理所当然。为了把他这位商人的经营范围限定在美国国内市场,一场艰难的谈判开始了。经过漫长的拉锯式协商,一股辛酸袭上了卡门心头。他觉得自己被那些经常接受他帮助,从而避免破产厄运的人出卖了。一旦其他人完成了任务,那么公司必然要追求其收入的最优化,卡门为此付出了代价。

一九四九年十月,他带着妻子凯蒂来到巴黎,为电影《灰姑娘》的衍生产品作宣传。其时,合作的新条款还未签署。谈判会在他回来后继续进行,而且得在一九五〇年初结束。命运却有别样的安排。几周之后,迪士尼工作室决定在内部成立一个负责衍生产品的部门:迪士尼消费品部。

在一九四五年华纳举行的一次晚宴中,沃尔特·迪士尼向萨尔瓦多·达利建议,以《幻想曲》为模板,创作一部名为《命运》的动画短片。这部动画讲述了时间神柯罗诺斯与一位凡间姑娘之间发生的爱情故事,沃尔特将其概括为一句话:"这是一则年轻姑娘寻找真爱的简单故事。"达利被这一想法所吸引,他从中看到了给他的帆布油画世界注入活力的方法,看到了让时间迷宫充满动感的方法,正如他自己所表述的那样。在八个月时间里,大画家奔赴迪士尼工作室,在动画师约翰·恩驰的帮助下构思动画短片的绘制。由于成本高昂、内容隐晦,计划最终只好放弃。几张草图留了下来,是一个分镜脚本,上面有位女人在动,背景声是安达卢西亚音乐,画面由达利绘制,是挤满了超现实主义神灵的广袤荒漠,上面平放着软塌塌的手表。在这些手表中,能看得到五百万只米老鼠手表中的一只吗?这只手表被打碎了,正从星座号的机身上汩汩地流淌下来,犹如《命运》里的《记忆的永恒》①之表。

---

① 《记忆的永恒》,亦被称为《软表》,是西班牙著名画家萨尔瓦多·达利
的代表作之一,完成于1931 年,目前收藏在纽约现代艺术博物馆。

第十三章　在雷东多山上

一大堆随意倾泻的瓦砾：这是世界上最美妙的秩序。

——赫拉克利特①

《残篇》

　　迎着清晨的第一道曙光，民航督察莱维斯－米尔普瓦率领法国救援团，在圣玛丽亚机场登上了一架破旧的小飞机，计划飞向蓬塔德尔加达。根据葡萄牙当局发出的命令，在他们国家派遣的事故调查委员会到达之前，星座号的任何残骸都不得搬动。三小时之后，在英国领事和美国领事的陪同下，救援团抵达雷东多山脚。大雨连绵不绝，山路湿滑泥泞，他们朝着失事地点开始了漫漫登山路。经过好几个小时的攀爬，他们终于走到了飞机坠毁处，与岛上值班的紧急救援队汇合。进入他们眼帘的，是一片二十五公顷的土地，笼罩着湿润的白色浓雾，景象凄惨悲凉。火焰吞噬了随风飘散的飞机残骸。至于星座号的遇难者，他们的尸体散落在山石之间，除了五具尚能辨认之外，其他的第一眼根本无法识别。飞机摔得四分五裂，铝制机身已经扭曲变形，被熊熊烈焰撕扯着、玷污着，它

① 赫拉克利特（约前535—约前475），古希腊哲学家、爱非斯派的创始人。

本来亮丽的金属光泽已经荡然无存。座舱有一部分的顶部被掀开了,直直插进土里,看似完好无损。星座号飞机的一截机身被完全撕开了,里面有十来位乘客,还绑着安全带坐在那里。尾翼直插地面,仿佛萨莫色雷斯的胜利女神①,正在傲然眺望着群岛。更远处,驾驶舱经过撞地翻滚后,卡在岩石中间,完全翻了过来,像是浮在空中。在里面看到了几块制服碎片,大家猜他们是飞行员。只有第三位飞行员——卡米耶·菲登西,他的面容还未损伤。就像被火山掩埋的庞贝古城一样,这位年轻人在绝望中保持着最后一个动作,手臂抬至前额,不敢去看近在眼前的灾难。

经过艰苦的搜寻,救援队在十几米开外的地方又有了新的发现。一位年轻女子身穿深红色裙子,袖笼以下已被烧掉。在她尸体边上,有只打开了的小提琴琴匣,里面有把断裂的琴弓。他们立刻想到这尸体是小提琴家吉内特·内弗。但是这个推断仅仅是因为两者离得这么近才得出的。稍远处,一个塑料套子里套着马塞尔·塞尔当经理的身份证,写着乔·朗文。但是它附近没有一具尸体可以与这张身份证联系起来。法国督察员俯身看着,用禄来福来相机②拍摄残骸。透过镜头,照相机的暗箱里浮现出与星座号不协调的东西——当我们离远一点,我们看到在他们的脚下,摔得皱巴巴的机身宛若倒塌的纸质城堡。雷东多山坡上撒满了首饰、钞票、箱子,里面的东西都撒了出来,还有一些远离它们主人的或是被抢掠者遗忘的值钱物品。在两簇荆棘之间,躺着一只棕色真皮钱包,它的主人是一位美国公民——约翰·艾博特。这里,

---

① 这是希腊神话中的胜利女神,该雕像目前存放于法国卢浮宫。

② 禄来福来相机是德国制造的双镜反光相机。

一块绿色织物,不远处,又是一具尸体,双腿受伤,上面盖着裙子。那里,一只灰雀在啄食着蕨类植物的孢子囊。而在树丛里,在青绿色的苔藓上,横着一只胳膊。

无序渗透出一种令人茫然的美感。漫天飞舞的蜜蜂群,颇似空气中传播的单子,它们以点画法将一幅表象混乱的油画进行组合、重构、分解。莱布尼茨①使用绘画隐喻来捍卫他的神谕和谐思想。设想一下,哲学家跟我们说,你站在一幅华美的画作跟前,上面盖着一块不透明的布,以至于你只能微微窥见画作的一小部分。你可能觉得这部分就像一个没有形状的色块,一个随意滴洒在画布上的无意识的污点。但如果把盖布拿掉,你觉得毫无艺术感的部分突然之间就有了意义,彰显出艺术家的高超风格。污点只有在孤立的时候才是丑陋的,而且人们凝视它的时候,千万不要想着它是某某的部分。丑陋一点都不客观,它只是断章取义的视觉效果。只要把部分与整体建立关联,它便会消失。混沌与梯度有关。以人的高度来看,云雾缭绕的山峰宛若《神义论》的隐晦面纱,隐藏着规划有序的前景。

救援队继续拼凑 F-BAZN 型客机的种种细节图。虽然拥有坚固的流线型机身,但这光彩夺目的飞机已经裂作一块块钢板。燃烧的橡胶冒出滚滚浓烟,混杂在蒙蒙细雨中,发出潮湿的气味。飞机残片还燃着熊熊火焰,扬起细小的灰烬,粘在救援者的衣服上。一些小物品起先被忽视了,现在则可以

---

① 莱布尼茨(1646—1716),全名戈特弗里德·威廉·莱布尼茨,德意志哲学家、数学家,历史上少见的通才,被誉为 17 世纪的亚里士多德。代表作有《神义论》《单子论》《论中国人的自然神学》等。

依据它们在脱臼的尸体上标记名字。夜幕降临时,四十名遇难者的身份得到了确认。在这些随意摔落的拼图中,一具尸体手腕上戴的手表泄露了它主人的身份。手表背面刻有 M 和 C 两个字母,它们似乎喊出了马塞尔·塞尔当的名字。尽管受到了猛烈的撞击,但指针停留在了"八点五十分",似乎它们已经继续运转了六个小时。其实真正的原因并非如此。这指针指的就是飞机失事的时间,是美国时间。日夜正好颠倒。他走向了自己的命运终点。拳击手戴的手表不止一只,而是两只。一只显示巴黎时间,另一只是宝诗龙品牌的"反射"系列手表,提前调到了纽约时间。它是艾迪特·皮亚芙送的礼物,是一件幸运符。

剩下的遇难者被盖上了帐篷帆布,然后依次用担架抬下去。救援队步履蹒跚,路面又黏又滑,把遇难者运送回国如同漫长的苦路①。宿营地上氤氲着煤油灯冒着烟气的黄色微光。穿过最后一段茂密的柳杉林后,山谷就展现在前方,山谷下方便是阿尔加维亚村庄。在村上的小教堂里,尸体被一具具地摆放在石板地面上。随着身份辨认工作的进行,这些尸体被放进了白色的木棺材,并打上封印。春天,巴洛克风格的"帝国"式外墙被刷上了明亮的色彩。在这万圣节前夜,汽车前照灯亮了起来,圣灵节古旧灰暗的东西得以重新焕发光彩。首次夜间守灵开始了。在教堂中堂,借着蜡烛和笨重灯笼的火光,全村人都围着遇难者缓缓走动,嘴里不停地念着天主经。葡萄牙牧民和他们的妻子所做的祈祷,构成了一曲绵长的哀歌。"主啊,请赐予他们永远的安息!"

---

① 耶稣被判死刑,背着十字架由比拉多衙门到加尔瓦略山所走的一段路。

第十四章　阿里斯塔的预言

我心已知

就在迈步向前之时

死神已经不期而至

——雅克·布雷尔①

《沉睡的城市》

　　小个子女人打来了电话。纽约，马塞尔不在，她无聊死了，忧伤死了。电话里，她哀求他早点过来，她再也受不了了，她向他喋喋不休地说道。何苦让她白白受煎熬呢，只要放弃坐船，改乘快速的星座号，就能在行程中挤出几天，再简单不过。他的经理乔·朗文，对此颇有微词，但也无济于事。现在，他们坐着蓝色的庞蒂克②赶往机场。乔在最后一刻拿到了机上的三个座位。尽管时间仓促，但马塞尔还是要求汽车在圣安娜街的歌剧院停一停，抱一抱他的"女朋友们"——玛多、伊莲娜，和酒吧招待雅科、奈奈打个招呼。前一天，他们在

---

① 雅克·布雷尔(1929—1978)，比利时歌手、作曲人。

② 庞蒂克，通用汽车公司生产的汽车品牌，于 1926 年开始在美国、加拿大以及墨西哥等地销售。2009 年 4 月，通用汽车公司正式宣布取消庞蒂克品牌。

特鲁瓦①马戏场进行了一场表演赛。塞尔当身为法国拳击的希望，他承诺要和普罗旺斯人瓦莱尔·贝内代托打满三个回合。他没有食言。整个巴黎的体育迷们都赶去外省的拳击场，在他与杰克·拉莫塔的大战之前，想最后一睹塞尔当的风采。在饭店，在勃艮第的葡萄酒店，他用尖细的嗓音向大家保证："我要打败他，重新夺回我的荣誉，我会打败他的。"这真像孩子的嗓音，声音尖尖，又显笨拙，这尖细的声调与他的职业、与他的健壮体魄很不协调。这种奇异的感觉颇似布莱斯·桑德拉尔②，他外表桀骜不驯，声音却尖细高亢。

自得胜后，拉莫塔便玩起了猫鼠游戏。他这个黑手党的小鲜肉，借口右肩受伤，首先取消了九月二十八日的比赛。直到乔·朗文经过漫长的谈判，才和他的经理人敲定了一个新日期，一九四九年十二月二日，在麦迪逊广场花园。马塞尔可以用他的拳头报仇雪恨了。他想象着用铁拳痛打他的对手，把对手逼到拳击台围绳，让他尝尝一连串疾风暴雨般的重拳，让对方为自己遭受的凌辱付出代价。比赛锣声一敲，他就会从他休息的角落里一跃而起，冲到拉莫塔跟前，将其一拳击倒在拳击台上。毫无疑问。最著名的斗牛士被他们遇上的公牛缠上了。他们说，斗牛士疯了，他们在半夜醒来，有头白色公牛过来骚扰他们。根据传说，有些人半梦半醒，手里拿着武器，惊恐地叫唤着正在他们房间一角盯着他们的野兽。黑夜的惊恐，不祥的预感。多少次，马塞尔都梦想着复仇。在古代角斗场中间的拳击台上，拉莫塔注视着他，揣摩着他，浑身上

---

① 特鲁瓦是法国的一个市镇，隶属于香槟-阿登大区。
② 布莱斯·桑德拉尔(1887—1961)，出生于瑞士，法国作家。

下动个不停,眼神里满是对他的蔑视。在一轮轮回合中,马塞尔找不到攻击的机会,"愤怒的公牛"①气势汹汹,反复躲闪,弄得马塞尔晕头转向,精疲力竭。在第五回合,老是在第五回合,他晃过了白公牛的强攻,扰乱了他的战术,化解了他的步伐节奏,用两记拳头让他无处可逃。一记漂亮的右勾拳打得对手找不到北,紧接着两记重拳又彻底摧毁了他虚弱的防守。然后向右闪过两步,打出一记致命的上击拳。拉莫塔倒在拳击台上,再也站不起来了。在白天的训练中,马塞尔一直沉浸在这样的"拳击幻想"中,让内心尽情宣泄。

如果只有拉莫塔,情况又会如何。如果艾迪特稍稍有点耐心,情况又会如何。拳击运动自有其道,有时会有偏颇,但只要有一方被击倒,只要胜者举起双拳,那么比赛结束,毫无争议。自从遇到皮亚芙,马塞尔就要说谎,就要承诺,然后还要反悔,进进退退,珍惜这一个,安慰那一个,这样的游戏让他感到有心无力。七月,在离纽约不远的希德瑞克湾训练营中,他正在为初秋的比赛做着准备。当时,艾迪特正在北非巡演,在卡萨布兰卡要待三天。在大西洋彼岸,三天的焦虑让马塞尔的怒火一次又一次升起。他的哥哥阿尔芒虽然时刻注意,但是吵吵闹闹的事还是避免不了。七月二十三日,艾迪特的一封来信只是让他稍稍宽心,她逼他要做出选择:

> 我的心肝:
>
> 　　是的,我在卡萨布兰卡的首次演出已经结束了。显然,媒体让我很受伤。刚开始,我们拒绝了很多人,我只唱十四首歌。他们觉得我唱的不多。当他们齐声跺脚

---

① 这也是拳击手拉莫塔的绰号。

时，我真的以为迈阿密酒店要塌了。你哥哥阿尔芒和他妻子都在那里。我跟你讲，他的妻子这样和我说："我很喜欢您，我没想到您这么漂亮。"这样的话，如果她遇到你的妻子，她也会感到高兴的。而且，报纸上也说我很漂亮，你真倒霉。我为你骄傲，我的爱人，我希望自己是所有女人中最美丽的，最完美的，这样的话，你就绝对不会有一天不爱我的。因此，我在精神上不断完善自己，提升自己。你是如此完美，我是多想向你看齐。

我得知你要在卡萨布兰卡耗资千万建个别墅，所以你每次在这里待的时间越来越长。瞧，正是这个消息让我伤心欲绝，让我无法理解。注意，我要给你解释些事情，可能会让你睁开双眼。你知道，我从不掺和这些，但是这一次，我很气愤，因为大家都来跟我说，如果我爱你，那我必须让你睁开双眼，必须提醒你。亲爱的，你一定要打定主意，首先为你的孩子，然后为你自己。你是他们的父亲，你也必须保护他们。你九月份的比赛过后，你一定要为你的孩子采取严厉的措施。而我，我会向你提出一些非常可行的建议，会让你的孩子幸福，也会让你幸福。

如果你不有所作为，我就会一直烦你。我所教你的东西，都会让你很惊讶的。但是现在，我知道上帝为何让我走上了你的人生路，他绝对不会允许我犯错，每个与我们有关的事件叠加在一起，让我们惊讶不已。这些叠加不是巧合，而是天意，为了让我们永不分离。这就是原因。而且，我相信拉莫塔是上帝的召唤，这样我可以永远在你身边。每次我们被迫分离，你都会遭受一次打击。瞧瞧德拉努瓦和拉莫塔，瞧瞧扎尔、图尔平、罗奇，你都以同样的方式击败过他们。我现在相信，上帝希望我在你身边，我信故我在。我也会和你讲讲其他事情，它们让人如此震惊，以至于我不时感到背脊发冷！我爱你，我的爱如此强大，强大到它成了一种保护！

……我是如此幸福地爱着你，因为我爱你。再过十二天，我就可以触摸你，拥抱你，如我所愿。

你最最小的小可爱

八月份，在蔚蓝海岸，然后在"法兰西岛号"客轮上，他答应她在胜利之后，他会做出决定。他会暂时放下工作，这样可以有时间思考一下。后退几步，是为了跳得更远。消息一出，比赛推迟了。

马塞尔·塞尔当待在离卡萨布兰卡不远的家里，打发时间，等待拉莫塔做出决定。他的身边围着马里内特①、三个孩子、他的哥哥阿尔芒，还有他的外甥兼陪练勒内。他每天在西迪马鲁夫农场、阿尔法别墅工地和 ASPTT 拳击室之间来回奔波。他快速而有节奏地打着皮沙袋，啪，啪，啪。越来越响，左勾拳，右勾拳，打得沙袋都凹了进去，嘭，嘭，嘭。地板响起跳绳的声音，唰，唰，唰。

被一个不知从哪儿冒出来的——难道是从科萨·诺斯特拉②教父的帽子里冒出来的——平庸之辈支配，马塞尔对此很难接受。被世界中量级拳击排名第十的选手击败而泛起的苦涩，最板上钉钉的事却碰巧遭受到多种因素的共同作用，这让所有的胜利都化为泡影。底特律布里格斯体育场，一九四九年六月十六日，比赛提前半小时开始，马塞尔没有按照惯例在场上热身。他浑身发冷，他在第一回合中不慎滑倒，右肩膀

---

① 马塞尔·塞尔当的妻子。
② 科萨·诺斯特拉是意大利西西里岛黑手党组织的名称。

脱臼,因此只能默默承受"布朗克斯公牛"的狂轰滥炸。他没有丢掉尊严。拉莫塔猛击他的伤处,直到他疼得受不了了。到了十一回合,在角落里团队成员的催促下,法国人放弃了比赛。

他正值巅峰状态,知道自己是不可战胜的。这个处在最佳状态的塞尔当,在一九四九年十月就要飞往美国了。"今天,不会再有失败的问题。我必须打败拉莫塔,我会打败他的。十二月二日,我会表现得完美无缺。相信我,我回到法国的时候,头上一定会戴着世界中量级冠军的桂冠。"他向《法兰西晚报》的记者宣布道。

在奥里机场大厅里,马塞尔穿着他那套标志性的蓝色西装,外面套着一件厚厚的灰色花呢大衣,这让他的身材显得更加高大。这位拳击手很迷信,他从不违背自己的习惯,无论是在拳击场上还是拳击场外。况且,几个月之前他在底特律失利过,他认为失利的原因就是因为那次比赛打破了常规。毫无疑问,如果仪式的客观条件都具备了,如果他能够按照常规进行热身,那他的肩膀就能够扛得住。那今天就不再是复仇的问题,而是捍卫一个神圣荣誉的问题。这些细节可以把未知因素圈在一系列确定的原因之中,运动员们都很注重这些细节。我们无法完全掌握命运,那我们就一定要预见它的苗头,用主观魅力限制前提细节,破除赛前的魔咒。有些人会认为古怪的疯狂升华为仪式,但是必须得承认的是,细节的处理和安排并无奇怪之处,它们只是几千年来定为教义的仪式而已。能够被授予冠军,其实就是绝对不要违背自我确立的宗教。自从在勒瓦卢瓦①参加专业赛事以来,马塞尔就穿着他

———————

① 勒瓦卢瓦,位于巴黎西北部,是法兰西岛大区上塞纳省的一个市镇。

母亲缝制的蓝白相间的条纹短裤,在短裤的两片之间,她悄悄缝上了一个儿童耶稣的标签。只有韦尔波绷带的完美滚边才能呼唤胜利。

　　尽管有这些迷信的举动,但马塞尔·塞尔当只相信阿里斯塔的预言。十月初,这位著名的手相大师曾经在奥塞尔街的保尔·让塞的公寓里遇见过拳击手。当时马塞尔心情愉悦,同意大师替他看手相。他把自己宽厚的双手摊在桌上,手掌上阡陌纵横的掌纹便进入了预言师的眼帘。沟壑纵横的皮肤纹路刻画出生命的曲线,有幸运线、感情线、智慧线、命运线,它们相互交织,它们的分叉和节点揭示了命运的定数。土星丘位于食指下方,象征着好运或厄运,阿里斯塔看着这里,冒出一句言简意赅的预言,听起来像是警告:"您出行时坐飞机太频繁了,要当心。"坐在房间里端的乔·朗文听到了这些话,显得乐不可支,随即模仿起算命大师的声音来。他的笑声把预言冲刷得一干二净。这位经理人向塞尔当预测,说他马上会遇到一位牛人,一个牛头人身的怪物,他会击败这怪物。他又补充道,他是完好无损从纽约迷宫里走出来的忒修斯①,会躺在名为艾迪特的阿里阿德涅②的怀里,他回来后预言便会实现。因为,正如伊卡洛斯③一样,他会因飞翔而死亡。预言已经湮没在普遍的欢乐中。阿里斯

---

①　忒修斯,传说中的雅典国王。在希腊神话中,他成功解开了克里特岛国王米诺斯为囚禁其儿子、半人半牛的怪物弥诺陶洛斯而建造的迷宫。
②　阿里阿德涅,古希腊神话人物,为克里特国王米诺斯与帕西淮之女。在神话里,她与忒修斯相爱。
③　伊卡洛斯,希腊神话中代达罗斯的儿子,与代达罗斯使用蜡质飞行翼逃离克里特岛时,因飞得太高,双翼遭太阳溶化跌落水中丧生。

塔牵挂着他的预言,在他的坚持和要求下,第二天就为拳击手起草了完整的民事公证书,以便确定他占过卜。一周之后,马塞尔收到了一封信,这是第二次警告:"避免坐飞机出行,特别是星期五。"

神谕越准确,就越进不了耳朵。这就是卡珊德拉①的教训。当神谕一旦说定,任何背道而驰的行为都会促成神谕变成现实,抗争、折返,都是规则的一部分,这就是德尔斐神谕②的教训。总之,没有一个人能逃脱自己的命运。

"坐飞机吧,坐船时间太长了!"前一天艾迪特在电话里哀求道。星座号在周四晚上飞越大西洋,周五早晨便会到达纽约,他就可以去叫醒她。他们白天会待在一起,晚上去凡尔赛夜总会听她的演唱会。预言已被抛诸脑后。登机前几分钟,马里内特在电话里表达出一种不祥的预感,她很焦虑,他不知道她的惊慌从何而来。他让她放心。与此同时,虽然这趟航班已经满员,但乔·朗文还是从法国航空公司工作人员那里抢到了三张票。埃德曼夫人和年轻的美国夫妇把座位让了出来,世界冠军当然值得他们这样做。埃德曼夫人是一家香水公司的经理,而这对美国夫妇则刚刚在巴黎度完蜜月。在机场酒吧,马塞尔身边站着两名助手,他举起酒杯,庆祝自

① 卡珊德拉,为希腊、罗马神话中特洛伊的公主、阿波罗的祭司。因神蛇以舌为她洗耳(另一种说法是因为阿波罗的赐予)而有预言能力,又因抗拒阿波罗,预言不被人相信。

② 据传古希腊的阿波罗神女祭司皮媞亚在德尔斐神庙负责传达阿波罗的神谕。在希腊神话中,德尔斐是世界的中心。传说宙斯曾经于相反方向放出两只苍鹰来测量大地,而它们相遇的地点正是德尔斐。

己的再次出征。

　　"我要让拉莫塔为他的退缩付出沉重的代价!"

第十五章　蓬塔德尔加达

渐渐离我们远去的,是教堂,而后是悬崖,而后是灯塔。

——塞缪尔·泰勒·柯勒律治①

《老水手之歌》

周日晚上,开始最后一次攀登雷东多山,去搜寻星座号上最后几名遇难者,山顶上有岛上营地的三名士兵在戒备。午夜时分,救援队把找到的遇难者运回村庄。这个村庄正在戒严,来来往往的军车把村里唯一一条马路堵得水泄不通,地面被压出了宽宽的车胎印。法国航空公司调查委员会的成员都住在教堂神父的住宅楼里,他们把笔记集中起来,开始撰写第一份报告。他们要把数以千计的细节与打字机打出的乘客名单一一核对。他们优先处理的事项:每具尸体要贴上名字,之后运至蓬塔德尔加达。事故原因的技术调查报告可以再等等。这些直面灾难的人,他们有什么感受?因为任务繁重复杂而感到垂头丧气?因为一整天待在火山中心,一整天都在

---

① 塞缪尔·泰勒·柯勒律治(1772—1834),英国诗人、文评家,英国浪漫主义文学的奠基人之一。

搜寻和切割星座号冒着浓烟的五脏六腑,所以感到筋疲力尽?因为失事现场被人掠劫而感到无比愤慨?

莱维斯–米尔普瓦希望尽快组织追捕掠劫者。一大早,他们便在阿尔加维亚挨家挨户检查,盘问居民。这家有一串项链和几枚戒指,那家有几沓美元。有位女士在大街上被逮个正着,她全身裹着裘皮大衣,让人简直无话可说。在村子边上的一条小路上,从一间小屋里飘出小提琴声。他们轻轻叩了叩门,琴声戛然而止,开门的是位老人,他手里拿着一把镶嵌黄金和玳瑁的琴弓。"这个是您的吗?""不是,是我找到的。"村民回答道。"百合花"型的琴弓,上面刻着"W. E. Hill & Sons",这是著名的伦敦提琴制造商。调查委员会立刻把琴弓没收,而小提琴——当然也很古旧了——则留在了农民的手里。

晌午时分,军队在协调把棺材运往蓬塔德尔加达基地的事宜。四辆卡车被用作灵车,行驶在阿尔加维亚和圣玛丽亚之间的盘山公路上。两个小时之后,棺材安放在粉墙军营的食堂长凳上。这天,十月三十一日星期一,一具具无名棺材排列整齐,上面摆着花环,祭台也是匆匆忙忙临时搭建的,这让军营食堂看上去像个太平间。蓬塔德尔加达是圣米格尔岛的中心城市。圣米格尔岛素有"绿岛"之称,一度曾被往返欧洲和新大陆的轮船用作中途补给站,该岛也因此兴旺繁荣。贡萨洛·维利乌·卡布拉尔广场遍布拱廊,其中三道大拱门表示陆地通往海洋的最后通道。十月五号广场,还有高耸的圣布拉斯城堡,每逢复活节之后的第五个周日,居民们便用鲜花装饰岛上迷宫般的街巷。他们要在这里庆祝圣灵节,队伍前面是一尊彩色乌木耶稣像,上面镶嵌着黄金和宝石,后面跟着浩浩荡荡的人群,蔚为壮观。在教堂里,聚集的人们正在给一个孩子装扮的皇帝行加冕礼,"小皇帝"的头上戴着威严的皇冠,手中拿着传承百年的权杖。他缓缓迈开步子,节日庆典的序幕就此拉开。

摆放在军营里的棺材是用什么木材做的?是用岛中央美丽山谷中广袤森林里的树木做的?还是用卡利什森林里的枯木做的?当天下午,来自蓬塔德尔加达的神父做了追思祷告,参加祷告的有民政官员,有当地政府机关的负责人,还有法国航空公司调查团的成员。棺材是按照国籍摆放的,有些上面已经盖上了米字旗或星条旗。法国人则必须等到里斯本的莫兰领事过来。天主教仪式结束后,一位穿着空军制服的美国新教牧师大声朗诵起了《旧约》经文。教堂外面,基地的旗帜都降下了一半,葡萄牙士兵列队整齐,后面站着一排学校儿童,气氛庄严,他们都身穿白衣。

当天晚上,莱维斯-米尔普瓦与《费加罗报》的迪迪埃·梅林通了电话,跟他讲了讲调查的初步情况:"就我们目前掌握的情况而言,得出结论还为时尚早。调查团的每位成员与其他人都有联系,这一点毫无疑问。他们都会在自己的专业领域内各自展开调查。有几位飞行人员的代表陪同我们:一名飞行员,一名报务员,一名领航员,一名机械师。他们根据自己在飞机上的职责提供相关信息。我们还没有把收集的信息进行比对。每个人掌握的都只是灾难全景的一块拼板而已,但灾难不会一直都是无解之谜吧?哪怕把所有的拼板都找全之后?正如您了解的那样,飞机撞向雷东多山的一侧山坡,就在雷东多山和圣米格尔岛的最高峰阿尔加维亚峰之间,在喇叭口下方五十公里处,而那里可能被误认为是个小山坳。"

第十六章　角斗士

我记得吉内特·内弗和马塞尔·塞尔当死于同一架飞机。

——乔治·佩雷克
《我记得》

在莫里斯广告柱①的圆筒布告栏里,在巴黎的各条林荫大道上,铺天盖地地贴着一张张醒目的普莱耶尔音乐厅②的广告:

吉内特·内弗

在她出发前

举行告别演出

十月二十日星期四

普莱耶尔音乐厅

在这张去美洲大陆前最后一次小提琴巡演的节目单上,

---

① 这是典型的巴黎城市街道设施,用来张贴广告或电影海报。
② 普莱耶尔音乐厅,位于法国巴黎第八区,以著名古典音乐家伊格纳兹·普莱耶尔(1757—1831)命名。

有亨德尔①的《D 大调协奏曲》,有巴赫②的小提琴独奏《D 小
调慢步舞曲》,有席曼诺夫斯基③的《夜曲和塔兰泰拉舞曲》,
还有拉威尔④的《哈巴涅拉》和《茨冈》。吉内特·内弗一袭
粉色长裙,肩膀处收紧高耸,宛如斗士一般。她的哥哥让·内
弗担任她的钢琴伴奏,她则要连续一小时技艺娴熟地拉动琴
弓,把节目单上的曲目淋漓尽致地演绎出来。观众们来听天
才的演奏,全世界都为之欢呼,称她为"穿裙的莫扎特"。跟
往常一样,在所有乐章演奏完之后,她还会应观众要求再奏一
曲《茨冈》,琴弓上下翻飞,犹如神杖上的两条蛇缠绕成"8"字
形⑤。在巴黎的两场演奏会之间的空档期里,吉内特会待在
位于亨利-德洛梅尔广场的公寓内,闭门不出。她要花上数
个小时,不停地演练曲目,完善细节,在临界狂热时探索精准
的演绎。之后,她会迎着清晨第一缕曙光,漫步在宽阔的林荫
大道上,一直闲逛到黄昏时分,心中还弥漫着早晨的孤独惆
怅。十岁的时候,她在一篇作文里这样写道:"清晨的新鲜空
气伴随着耀眼的阳光,营造出我无法言说白天感受不到的壮

---

① 亨德尔(1685—1759),全名乔治·弗里德里克·亨德尔,英籍德国作曲
家。亨德尔创作作品的类型有歌剧、神剧、颂歌及管风琴协奏曲,具有
浓郁的巴洛克风格。

② 巴赫(1685—1750),全名约翰·塞巴斯蒂安·巴赫,巴洛克时期的德国
作曲家,杰出的管风琴、小提琴、大提琴演奏家,同作曲家韩德尔和泰勒
曼齐名。巴赫被普遍认为是音乐史上最重要的作曲家之一,并被尊称
为"西方'现代音乐'之父"。

③ 席曼诺夫斯基(1882—1937),全名卡罗尔·席曼诺夫斯基,波兰作曲
家、钢琴演奏家。

④ 拉威尔(1875—1937),全名莫里斯·拉威尔,法国作曲家和钢琴家。拉
威尔在法国是与克劳德·德彪西齐名的印象乐派作曲家。

⑤ 商神杖由一根刻有一双翅膀的金手杖和两条缠绕手杖的蛇组成,被视
为商业和国际贸易的象征,它是古希腊神话中商神赫尔墨斯所拿的手
杖。

阔之美,每逢此时,香榭丽舍大街便愈加迷人。行人寥寥无几,都不说话,只是沉思……但是,两小时之后,这条林荫大道就成了书呆子们的天地,它的迷人魅力也便烟消云散了。"

早晨,她在彰显自己荣耀的巨型招贴画前经过。经招贴画工的刷子一刷,一张"票已售罄"的条幅便横亘在招贴画上。吉内特选择了自己的命运。她的成功来得很早,自然被贴上了"天才"的标签,但这么一来,我们就忽视了。孩子内心有着顽强的信念,她拼命学习,刻苦训练,这也是她天资的左臂右膀。一段独一无二的断奏曲,体现了一个严肃认真的小姑娘的执着。我们喜欢童话故事,喜欢牛顿的苹果,喜欢阿基米德的顿悟①,喜欢零星事件中的恩典化身,与生俱来,不可抗拒。我们也会出于对卓越的追求,而抹去以前的东西,抹去出过的丑,抹去疑虑。吉内特七岁时在加沃音乐厅②举办了首场音乐会,之后她不断训练,目的就是要让内心不再焦虑,膝盖不再发抖,手掌和前额不再冒汗。在厨房的餐桌旁,她趁家人聊天的时候不断排练,她的回答让母亲惊讶不已:"这是为了适应在舞台上演奏。之前我怯过场,可能头都晕了。"

吉内特·内弗一九一九年生于巴黎,恰逢一战停战的那一年。她的母亲是名钢琴教师,很早便开始教她音乐。在客

---

① 此处原文为希腊文"Eurêka",意为"我找到办法啦",为阿基米德发现浮力定律时所说的话。相传希腊国王召见阿基米德,让他鉴定纯金王冠是否掺假。他冥思苦想多日,在跨进澡盆洗澡时,看到自己浸入时水溢了出来,马上想到该如何测量皇冠的体积。于是阿基米德兴奋得连衣服都忘了穿就跑到街上,大喊"我找到办法啦!"阿基米德的这一发现也被后人称为"阿基米德定律"。

② 加沃音乐厅,位于法国巴黎第八区。

厅一角,吉内特看着一批批学生进进出出,十一个月大时,她便能哼出听到的旋律。行人们都会在这辆被自己歌声萦绕的童车前驻足停留。两岁时,她参加了一场纪念弗雷德里克·肖邦的音乐会。在回家的路上,眼里噙着泪水,她向人说道:"我是如此喜欢情感!哦,这个男人该是多么不幸啊!"她的第一把小提琴,只有正常大小的四分之一,是她五岁生日时收到的礼物。在她的父母向巴黎音乐学院的纳多教授咨询过之后,她便注册了塔吕埃尔夫人的课程。很快,她就对连弓、分弓、断弓和跳弓技法了然于胸。显然,她的这种成熟非比寻常,仅仅上了六个月课程之后,吉内特就公开举行了她的首场独奏音乐会,演奏舒曼①的一首赋格曲。首次面对掌声,她显得有点不知所措。在向观众致意之后,她竟然蓦地模仿起观众的动作来。两年以后,吉内特在加沃音乐厅光芒四射,她把马克斯·布鲁赫②的《协奏曲》演绎得酣畅淋漓。外面,风起云涌,雷电交加,喧闹之中她依然淡定自如。她的母亲被她完美无缺的镇定气场惊呆了,她向她母亲回答道:"有闪电吗?那么说下过雷雨了?"

　　和马塞尔·塞尔当一样,吉内特·内弗的嗓音也颇显奇怪。马塞尔身材魁梧,脖子却很短,发出的声音像个腼腆的孩子,说话结结巴巴,每个词像从嘴里蹦出来似的。用这样尖细的嗓音大声说话,他感到很不自在。这完全就是个女高音。吉内特则是少年老成,她雄浑的嗓音彰显出她的自信,彰显出她坚信自己的天分是上帝的选择。她会用深邃的眼神盯着你

---

① 舒曼(1810—1856),全名罗伯特·舒曼,德国作曲家,浪漫主义音乐成熟时期代表人物之一。
② 马克斯·布鲁赫(1838—1920),德国浪漫乐派作曲家、指挥家、音乐教育家。

看,杀伤力十足,她就是这样的女低音。在演奏巴赫的《恰空舞曲》时,大师乔治·埃内斯库①打断了她,请她再演奏一下其中的一个段落,她却回答:"我演奏我所理解的东西,不是演奏我忘记的东西。"一九三〇年十一月,她十一岁,被招录进国立高级音乐学院。她在朱尔·布什瑞特②的班上仅仅学了八个月便拿下了小提琴科目的首奖,与维尼亚夫斯基③当年创下的辉煌不相上下。一年以后,她参加了在维也纳举行的国际比赛。这是她第一次参加国际赛事,面对二百五十名比她年龄大一倍的小提琴选手,她最终杀进了决赛。评委席中有名评委叫卡尔·弗莱什④,他被小姑娘的演奏技法和灵气所打动,便在酒店里给她母亲留了一张便条:"如果你们来柏林的话,我保证会大公无私地照顾年轻的小提琴家。"不过对于这个家庭来说,得花两年时间才能凑够基本的旅费。就在此时,吉内特遇到了纳迪亚·布朗热⑤。她自娱自乐地创作了三首小提琴独奏的奏鸣曲,一首随想曲,并开始谱写管弦乐队的协奏曲。一九三五年三月,她十六岁。在维尼亚夫斯基比赛⑥中,她超越大卫·奥伊斯特拉赫⑦摘得桂冠,获得了国际声誉。比赛结束后,她给塔吕埃尔夫人写了一封信:

---

① 乔治·埃内斯库(1881—1955),罗马尼亚作曲家、指挥家、小提琴家、钢琴家。埃内斯库也是闻名世界的小提琴教师。

② 朱尔·布什瑞特(1877—1962),法国小提琴家。

③ 维尼亚夫斯基(1835—1880),全名亨里克·维尼亚夫斯基,波兰作曲家、小提琴家。1843年,8岁的维尼亚夫斯基进入法国国立高级音乐学院,11岁便夺得小提琴科目的首奖。

④ 卡尔·弗莱什(1873—1944),匈牙利作曲家、小提琴家和音乐教育家。

⑤ 纳迪亚·布朗热(1887—1979),法国女音乐教育家、作曲家、指挥家。

⑥ 维尼亚夫斯基比赛,全称是"亨里克·维尼亚夫斯基国际小提琴比赛",每隔五年在波兰波兹南市举行。

⑦ 大卫·奥伊斯特拉赫(1908—1974),犹太裔苏联小提琴家。

我亲爱的老师：

我赶快向您报告一个喜讯：在第一次比赛中摘得头名之后，我刚刚又在第二次比赛中摘得桂冠。很难向您形容我母亲的喜悦之情，也很难形容我的喜悦之情。不过比赛章程规定我要举办音乐会，所以我还得在波兰再待上一个月。昨天晚上的演奏会到两点结束，我的协奏曲拉得非常棒……

所以我收获了……关注……！收获了一张证书，一张支票，一个曾经属于维尼亚夫斯基的银质奖杯，一把颇似曼陀林①、外形古怪的小提琴！！

世界正向吉内特·内弗敞开胸怀。一九三五年至一九三九年间，她相继在波兰、英国、苏联、加拿大和美国做过巡演，所到之处都是欢呼和喝彩。她可能说过："现在要继续努力！"

随之而来的是"奇怪战争"，是战败，是占领区的隔离。吉内特选择在国内流亡。她只去自由区的小音乐厅。尽管纳粹德国许诺给她金山银山，但她还是拒绝了柏林和斯图加特抛来的橄榄枝。当她在法国乡村临时巡演，无论在车站旅馆还是在车船卧铺，她的哥哥让·内弗始终陪在她身旁。她用自己的音乐才华一直在抵抗，唯独破过一次例：一九四三年一月十九日，她同意在加沃音乐厅举行一场演出，演奏巴赫、贝多芬和勃拉姆斯的协奏曲。这场音乐会催生出与作曲家弗朗西斯·普朗克②的一段友情，里面凝聚着他为之倾情谱写的

① 曼陀林，拨弦乐器，由欧洲文艺复兴时期的琉特琴演变而来，一般有钢弦四对，按小提琴音高定音，用拨子弹奏。
② 弗朗西斯·普朗克（1899—1963），法国钢琴家和作曲家。

一首奏鸣曲。

一九四四年六月，盟军登陆。随着部队不断推进，吉内特也在不断拓展她演出的范围。比利时解放了，她就去布鲁塞尔开一场华丽的音乐会。之后，她坐上了首趟开往瑞士的火车，在边境处被扣了下来。尽管如此，她还是悄悄地过境了。陪着她的是位《洛桑舆情报》的记者，他说："在边境处，一位满脑子点子的车站主管把一节专用车皮挂在一列货车上，好让这些不速之客通过。机械师惊魂未定，他每一站都要下来，看看乘客们是否满意，和他们交流交流，给他们拿些报纸。就这样，吉内特·内弗突然从报纸上得知，在日内瓦交响乐团的音乐会上，她被换掉了。人们以为她不可能来这里了。她说明了自己的身份，在下一站冲向电话，她要让事情回归本位……然后准时到达。"这是一股勇往直前的毅力，从来都是这样。

在伦敦，她病倒了，患上了猩红热。一个月里，一段漫长的时间里，她停止了演奏。一天晚上，一枚 V2 火箭弹落了下来，距离她的楼房不过几条街的距离，恰巧落在海德公园里。她身体康复后，便可以在皇家阿尔伯特音乐厅演出了。之后在布鲁塞尔，在伊丽莎白女王的私人寓所里，在奥斯滕德①，她悄悄会见了莫里斯·切瓦力亚②。他说："感受非凡。很少有小提琴家能如此叩动我最隐秘的心弦。曲调响起，她的天资就让我们激动不已。她似乎有神灵附身！"

一九四六年，伊赛·亚历山德罗维奇·多布罗温领衔的

---

① 奥斯滕德，位于比利时西佛兰德省部的一座城市。

② 莫里斯·切瓦力亚(1888—1972)，法国歌手、演员和作家。

伦敦爱乐乐园演奏肖松①的《音诗》,吉内特·内弗一出场便惊羡全场。她抬起下巴,深深地吸了一口气,宛如跨越障碍前的纵身一跃,她缓缓地上下拉动琴弓,用手指揉出颤音。吉内特伫立在舞台中央,穿着一件泡泡袖裙,胳膊垂放下来。

一九四七年,坐火车游南美。里约热内卢,蒙得维的亚②,马瑙斯③,巴塔哥尼亚④,波哥大⑤。她邂逅了安德烈·莫洛亚⑥。之后去了墨西哥,去了美国——首先是得克萨斯州,然后是俄克拉荷马州、犹他州——去了加拿大,去了纽约的卡内基音乐厅。在回程的飞机上,恰逢圣诞节,她用口琴即兴吹奏了拉威尔的《茨冈》。她说,这是她最美妙的音乐会。飞机在奥里机场上空盘旋,无法降落。由于突发状况,星座号就在奥尔良附近迫降,降落在一片还烙有战争印痕的空地上。为了让乘客们耐心等待,机长于是组织了一个游戏。"你有一盏神灯,可以许下一个心愿,你会希望得到什么呢?"有人希望得到财富,有人希望得到荣耀,有人希望得到成功,有人希望得到永生。而吉内特呢,她则希望在德洛梅尔广场的寓所内过圣诞节。几个小时之后,这个愿望实现了。

一九四九年十月二十二日,她和她母亲去波塔利斯街的

---

① 肖松(1855—1899),全名埃尔内斯特·肖松,法国作曲家,他创作的《音诗》是小提琴名曲。
② 蒙得维的亚,乌拉圭首都。
③ 马瑙斯,巴西西北部亚马逊州首府。
④ 巴塔哥尼亚,该地区包括南美洲安第斯山脉以东、科罗拉多河以南的主要地区,主要在阿根廷境内,小部分在智利境内。
⑤ 波哥大,哥伦比亚的首都和昆迪纳马卡省的省会。
⑥ 安德烈·莫洛亚(1885—1967),法国作家。

瓦特罗乐器店。她是来买马塞尔·瓦特罗①为她准备的瓜达尼尼小提琴,并取回她自己的斯特拉迪瓦里小提琴。她演奏提琴的技法促使小提琴产生了强烈的湿度。年轻的学徒艾蒂安·瓦特罗②,是弦乐器工匠的儿子,他的工作是帮助乐器开音③。几个星期之前,艾蒂安决定跟着吉内特去美国巡演。不过,她却建议他推迟这一行程。她用低沉的嗓音说,在替她安排好的一系列音乐会开始之前,她要在圣路易斯磨合节目单上的曲目,所以她在十一月十日之前都没有空。艾蒂安没有任何理由着急,他特别告诫自己不要去妨碍别人,他清楚地知道自己职业的首要素质就是谨慎。于是他推迟了出发日期,退掉了十月二十七日的飞机票,换乘轮船跨越大西洋。

---

① 马塞尔·瓦特罗,法国著名弦乐器制作大师艾蒂安·瓦特罗的父亲,于1909年开办了"瓦特罗弦乐器商店"。
② 艾蒂安·瓦特罗(1925—2013),法国当代弦乐器制作大师。
③ 开音指新乐器的调度与磨合过程。

第十七章　运输机上的轰炸机

拳击手马塞尔·塞尔当意外死亡。新闻界赶忙朝他那新鲜的尸体扑去。"赶紧来买令人惋惜的马塞尔·塞尔当的照片（二十法郎）"专刊——多么好的买卖啊……令人作呕……明天，我又毫不羞耻地继续当记者……因为社会所需要的正是这些记者。

——勒内·法莱①

《青春手册》

巴黎，多家日报为亚速尔群岛坠机事件开辟了专栏，极尽渲染之能事。有七拼八凑的理论，有专家访谈，有行程中的浪漫故事，还有对葬礼盛大规模的期待。结局还未可知，而在报纸的注释栏里，奋笔疾书的记者们已经公布了他们的统计结果：自一九四五年以来，总共有五十八万五千八百五十一人跨越大西洋，大西洋两岸总共有两万两百零五班次的往返。万圣节那一周的日历纪事，一长串被遗忘的名字，被推翻的内阁，一系列社会新闻、生辰日期和节日庆典。有头版新闻，有

---

① 勒内·法莱(1927—1983)，法国作家、电影编导。代表作有《东南郊》《八月巴黎》等。

花絮短文,有破折号后面拖着一个夺人眼球的二级标题的报
道,有宣传图片、手册、专刊,上面是一整套剪剪贴贴的文章选
段,还有街头摊贩的叫卖声和轮转印刷机的轰鸣声,这样的集
体游戏在世界前进的步伐中亘古不变。还有缩微胶片盘,它
全速转动,播放着时事新闻。经过快速放大调焦,一桩桩事件
的画面交错融合。在放映机的嘈杂声中首先出现的是死者的
面容。十九名布列塔尼水手在风暴中丧生,还有三艘渔船杳
无音讯——冶金工会的斗争准备——又一场不分胜负的比
赛,法国和南斯拉夫战成一比一平。六万名观众赶往白鸽
城①,比赛平安进行,没有出现突发事件……政治——乔治·
比多内阁成员都在——平台钻工拉响警报,两手空空就逃了
出来,他们把两个箱子丢在了现场,里面装有六十公斤工具:
手柄,冷凿,钻头,绳索,橡胶鞋,起重系统,螺丝刀,还有……
必不可少的伞形棘爪,你们可能知道,它是用来抓取钻孔时产
生的砾石的——路易斯·阿姆斯特朗②在普莱耶尔音乐厅的
演出大获成功——插入广告:"我是秘书。我的生活很美好。
我的这一切都要归功于'皮吉埃'课程中学到的专业知
识。"——一架水陆两用飞机在伦敦坠毁:六人死亡——法国
赠送美国自由女神像的六十三周年纪念——两名青年学者奔
赴乍得,让·保尔·勒伯夫夫妇,他们今天早晨乘坐"劲力
号"邮船离开波尔多,驶向黑非洲。他们肩负人类博物馆和
国家科研中心委托的使命,前往乍得地区。他们要参与考古

---

① 白鸽城,位于巴黎郊区,是法国法兰西岛大区上塞纳省的一个镇。
② 路易斯·阿姆斯特朗(1901—1971),美国爵士乐音乐家。阿姆斯特朗
是 20 世纪最著名的爵士乐音乐家之一,被称为"爵士乐之父"。他以超
凡的个人魅力和不断的创新,将爵士乐从新奥尔良地区带向全世界,变
成广受大众欢迎的音乐形式。

研究,发掘古代非洲文明的遗迹——书籍推介。莫里斯·纳多①谈罗贝尔·德斯诺斯②:"他象征着超现实主义的精华,极度渴望征服不现实的东西。"H.G.威尔斯③写给詹姆斯·乔伊斯④的一封从未发表过的信件:"您的最近两部作品,撰写它们远比阅读它们要来得更引人入胜,更有趣好玩。"罗贝尔·梅尔的《聚伊德科特的周末》,路易·吉尤的《忍耐规则》,他们之中谁会获得一九四九年的龚古尔文学奖⑤呢?——广告:"因为顾客终于有了选择,所以他们变得很挑剔。对于早餐,他们需要优质的老牌产品……他们需要'巴巴尼亚'牌,美味的巧克力口味早餐。"——逮捕杀害塞提的嫌疑犯。伦敦警方在昨天晚上逮捕了名叫唐纳德·布赖恩·休谟的人,他被指控参与谋杀汽车经销商斯坦利·塞提,五天前有人在埃塞克斯郡的一处沼泽里发现了他的尸体,头和脚都被砍掉了——银幕上,罗伯托·罗西里尼⑥导演、英格丽·褒曼主演的《火山边缘之恋》,乔治·丘克⑦导演、凯瑟琳·赫

---

① 莫里斯·纳多(1911—2013),法国作家、文学评论家、出版商。

② 罗贝尔·德斯诺斯(1900—1945),法国超现实主义诗人。

③ H.G.威尔斯(1866—1946),全名赫伯特·乔治·威尔斯,英国著名小说家,新闻记者,政治家、社会学家和历史学家。他创作的科幻小说对该领域影响深远,如"时间旅行"、"外星人入侵"、"反乌托邦"等都是20世纪科幻小说中的主流话题。

④ 詹姆斯·乔伊斯(1882—1941),爱尔兰作家和诗人,20世纪最重要的作家之一。代表作有短篇小说集《都柏林人》(1914)、长篇小说《一个青年艺术家的画像》(1916)、《尤利西斯》(1922)、《芬尼根的守灵夜》(1939)。

⑤ 龚古尔文学奖是法国最重要的文学奖,每年11月颁奖。

⑥ 罗伯托·罗西里尼(1906—1977),意大利导演、编剧和电影制片人。他是意大利影坛艺术新写实主义的重要成员之一,也曾与瑞典国宝级影后英格丽·褒曼的爆炸性私奔名噪一时。

⑦ 乔治·丘克(1899—1983),美国电影导演,执导过著名影星奥黛丽·赫本主演的经典轻喜剧电影《窈窕淑女》,并获得奥斯卡最佳导演奖。

本①与斯宾塞·屈赛②主演的《亚当的肋骨》,贝尔纳·布利耶③、路易·茹韦④和塞尔日·雷贾尼⑤主演的《回归生活》,这部电影的成功已经持续到第八周了——寒冷的万圣节,昂贵的鲜花,传统的扫墓祭拜活动已经开始两天了。在鲜花码头,在公墓入口,商品价格比去年高出百分之十五到三十。商贩们抱怨生意萧条,但是最小的一朵菊花也要卖两百法郎。

在亚速尔群岛,一九四九年十一月一日的亡灵节算得上名副其实了。岛上,人们不停地做着祷告,悼念星座号上的遇难者。岛上的居民对这些乘客产生了感情,这份哀伤中竟掺杂着些许自豪,虽然这样的感觉转瞬即逝,但至少在几天之中他们可以身处全球性悲剧的舞台中心。他们得知了死者的名字,吉内特·内弗,马塞尔·塞尔当,他们用祷告他们逝去亲人的方式来悼念遇难者。把这些尸体运回法国,还要再等上差不多一个星期。莫兰领事已经到达圣米格尔岛,开始协调行动事宜。三十三具法国棺材静静地放置在蓬塔德尔加达的营房内,而专家们依然在继续调查工作,以确认每名遇难者的身份。十一月七日星期一,遇难者的遗体都被装上了一艘往返圣米格尔岛与圣玛丽亚岛的轮船,三辆"空中灵车"正在机

---

① 凯瑟琳·赫本(1907—2003),生于美国康涅狄格州,美国国宝级电影女演员,美国电影与戏剧界的标志性人物、好莱坞的传奇。凯瑟琳·赫本近六十年的演艺生涯横跨数种表演类型,有"美国影坛第一夫人"美誉,她亦是美国奥斯卡金像奖自1929年创立以来,唯一一位能四度摘得奥斯卡影后的女星。1999年,美国电影学会将凯瑟琳·赫本评为美国影视史上最伟大的女演员。

② 斯宾塞·屈赛(1900—1967),美国电影演员,两度获得奥斯卡金像奖。

③ 贝尔纳·布利耶(1916—1989),法国电影演员。

④ 路易·茹韦(1887—1951),法国演员、舞台剧导演。

⑤ 塞尔日·雷贾尼(1922—2004),法籍意大利歌手、演员。

场跑道上等候着。这是三架国际航运公司的"解放者"LB–30
运输机,它们巨大的引擎是在底特律工厂组装的。它们起先
供英国的盟军使用,后来投入了商业运营。三架飞机伫立在
停机坪上,整齐划一,宛如三胞胎一样,所有的货桥都放了下
来,颇似沃尔特·迪士尼《木偶奇遇记》里的鲸鱼,张开大嘴
要把巴黎—纽约班机上的这些遗体都吞进肚里。十一月八日
星期二,迎着天际的晨曦,编号F–00AF飞机装上了三十三具
法国遇难者的遗体,此次飞行分为两段行程:首先在卡萨布兰
卡停靠,放下塞尔当的遗体,然后飞往弗克桑地区科尔梅
耶①,那里有奥里机场的附属机场。

运输机被热带信风推着向前,飞越直布罗陀海峡后,在卡
萨布兰卡开始下降,准备降落在康卡兹机场。星座号的飞行
员让·德拉努埃,他会重回这片闻名遐迩的大地吗?这是贝
尔纳·布泰·德·蒙韦尔所描绘的大地吗?这一切是否有人
知道呢?人群聚集在降落跑道周围,哭喊着飞机的名字,为拳
击手伤心流泪。当地时间十点钟,从"解放者"运输机的货桥
上,四个有力的肩膀抬着"轰炸机"塞尔当出来了。路的两边
都是整齐挺拔的棕榈树,风光无限,护送着他的木棺,一直送
到利奥岱体育馆。运动场上,阿马德大道尽头,在匆匆建成的
小教堂的烛光祭台边,成千上万的卡萨布兰卡居民在灵柩台
前鱼贯而行。在下葬之前,冠军就在那里安息。

---

① 弗克桑地区科尔梅耶,是法国法兰西岛大区瓦勒德瓦兹省的一个市镇。

第十八章　里诺的离婚夫妇

和别人什么都不用说。

如果这样做的话,那么你就会开始想念所有人。

——J. D. 塞林格①

《麦田里的守望者》

在当时的一份剪报上,我曾经看到有关星座号一名乘客的一则报道。这名乘客叫欧内斯特·洛温斯坦,拥有两家皮革厂,一家位于斯特拉斯堡,另一家位于卡萨布兰卡。听说一个月前他已经在里诺离了婚。他此次返回纽约,目的只有一个,就是和他的前妻和解。故事让我着迷不已,我对他出发前发出的一封电报展开了想象,想到了以下的某些内容:"十月二十八日到达纽约——STOP——F - BAZN 型客机——STOP——瞧——STOP——我想你了——STOP。"我醉心于内华达州里诺市的历史。二十世纪初,这座城市成为离婚之都,这种状况一直持续到六十年代末。联邦法律让手续变得简便无比,要得到那张珍贵的一纸文书,无须提供任何通奸证据,

---

① J. D. 塞林格(1919—2010),全名杰罗姆·大卫·塞林格,美国作家,他的《麦田里的守望者》被认为是 20 世纪美国文学的经典作品之一。

只要提出"性格不合"或"家庭暴力"之类的理由即可。当地政府希望达到一箭双雕的效果,便把居住时间的规定从三个月逐渐减少到六周,这样就把里诺变成了与离婚相关的旅游城市。我知道玛丽·毕克馥①这位默片明星于一九二〇年来到这里,生活了六个月,以解决与欧文·摩尔②的离婚问题,然后嫁给道格拉斯·费尔班克斯③。报道中也提到了滨江酒店,对于想要加快手续的好莱坞明星们,都会来此度假。其中特别提到了波莱特·戈达德④,她在一九三五年来到这里,当时她与查理·卓别林的婚姻正在走向尽头。我在此引用一首美国通俗歌曲:

> 我踏上了去往里诺的征程
>
> 今天,我正要离开小镇
>
> 百老汇的少男少女们
>
> 请你们收下我的问候
>
> 一旦我挣脱枷锁
>
> 婚礼的钟声便会烟消云散
>
> 而奔腾咆哮的,正是自由的呐喊

我继续着自己的搜寻工作,希望找到有关欧内斯特·洛温斯坦的更多信息。终于在二〇一三年十一月二日,我碰巧看到一九四九年十月三十一日的文章,刊登在《铁木全球日报》上,这是密歇根州的一份日报。当时,我傻呵呵地盯着报纸的名

---

① 玛丽·毕克馥(1886—1939),加拿大电影女演员,曾获得过奥斯卡最佳女主角奖和奥斯卡终身成就奖。
② 欧文·摩尔(1892—1979),爱尔兰裔美国男演员。
③ 道格拉斯·费尔班克斯(1883—1939),美国演员、导演与剧作家。
④ 波莱特·戈达德(1910—1990),美国女演员。

字——《铁木全球日报》,它让我想到了《蜘蛛侠》漫画中的英雄彼得·帕克。一篇名为《希望化为泡影》的文章描述了遇难者家属在纽约国际机场等待的场景。传言说机上有生还者,但几个小时后又被证实是谣言,希望的落空让这种对亲朋好友的焦急等待变成了深深的绝望。文章配发的照片捕获了这缕稍纵即逝的希望。我在照片下方看到了以下文字:"在纽约等待的洛温斯坦夫人紧紧地搂着她九岁的儿子鲍比,之前她从一位朋友那里得知,她的前夫欧内斯特·洛温斯坦往返于纽约—卡萨布兰卡,他乘坐的法国航空公司的航班在亚速尔群岛发生了空难,但他还活着。没过多久,传言被证实是失实的,该航班上没有一位幸存者。洛温斯坦夫人说她一个月前在里诺拿到了离婚证,但她知道,她丈夫这次回美国是为了和她谈谈复合的事。"鲍比,九岁,要找到他应该很容易,出生于一九四〇年的罗贝尔·洛温斯坦(鲍比是他的爱称)并不多见。照片上的孩子到现在有七十三岁了,很可能他还活着。在谷歌上,有三条信息反复出现,其中一条与一名匹兹堡儿童精神病科医生有关,名叫罗贝尔·艾伦·洛温斯坦。在诊所的网站上,我找到了他的电子邮件地址,于是提笔给他写了下面这封信:

时间:2013 年 11 月 2 日 00:57:54

主题:欧内斯特·洛温斯坦

亲爱的洛温斯坦医生:

我是阿德里安·博斯克,我正在做星座号 F−BAZN 型客机的调研工作。

我不确定您是否就是欧内斯特·洛温斯坦的儿子。如果是的话,我可以问您一些问题吗?

致诚挚的问候。

阿德里安·博斯克

两个小时之后,我收到了他的回信。我一睁开眼就读了起来:

> 我是他的儿子。您有什么问题吗?
>
> 发自我的苹果手机。

我随手写了封信,而我没想到这么快就找到了他。而且在重读自己的那封信时,我感到一丝羞愧。我丝毫没有想过,在他经历人生悲剧的六十四年之后,给邮件取名为"欧内斯特·洛温斯坦"是多么不妥。这是记者特有的冷血的一面。

经过多次交流,我们同意约在十一月十日星期天通个电话。我和他解释了我的计划,强烈希望听到他陈述的版本,而不是仅仅依据这么一篇报纸新闻。于是他放下心来,向我讲述他父母的故事:

> 我的父亲叫欧内斯特,是一名德国籍犹太人,出生于威斯特伐利亚,在三十年代末移居巴黎。他和我叔叔一起在皮革行业工作。我的母亲也移居到了法国,她是波兰人。他们是在巴黎认识的。一九四〇年,当德国人攻过来的时候,我父亲不在,他正在外籍军团服役,被派到了阿尔及利亚。当时我母亲正怀着我,决定逃出巴黎。她从比利牛斯山那里穿过了西班牙边境,有家法国人帮助了她,让她坐上了他们的汽车。然后,她从西班牙坐船到了卡萨布兰卡。我在卡萨布兰卡出生。我父亲从阿尔及利亚赶来和我们会合。整个战争岁月,我们都在摩洛哥度过。我父亲当上了警察,然后开了一家皮革厂。一九四五年,我们移民美国。战后,我父亲生意兴旺,经常穿梭于纽约、摩洛哥和法国,并在法国开办了第二家工厂。在家里,我们都说法语。我首先讲的是法语。我们

也说德语和波兰语。接着,在一九四九年夏天,我父母离了婚。我还记得去里诺的旅程,就跟度假一样。我们和母亲在那里生活了六个星期。当时发生的事情我不是都懂,我只知道那是夏天,只知道那一切如同一场旅行。之后就有了那次法航空难,有人和我们讲他还活着,后来又跟我们说一个生还者都没有。过了几天,他的尸体被确认了。接着,我们家周围出现了很多记者。他们复核的事是真的。我知道他回来就是为了这件事,我母亲对此也同意了。我母亲是一位精力旺盛的女性。在我父亲过世之后,她成为纽约最早的一批女经纪人之一。她的能力真的很强。

我先后在芝加哥和哥伦比亚大学上学。我成了精神病科医生,专门治疗儿童和青少年的心理创伤。我在纽约工作了很长时间,之后搬去了匹兹堡。

我父亲真的很好,情感很丰富。有意思的是,他很喜欢体育,尤其是拳击。所以啊,想想看,马塞尔在飞机上……我七十三岁了还在工作,我很喜欢我的工作。

(我问他在他的工作和悲剧之间是否存在联系。)

是的,肯定有联系。我一直想帮助孩子们克服创伤。与孩子们的这份联系与那件事有关。而且,收到你的电子邮件很奇怪,它好像是凭空冒出来似的……

我也想和你说,法国航空公司给过我们一笔赔偿金,数额很少,我们当时拿到后都惊呆了。我记不得数额了,但真的很少。

(我跟他说,当时是亨尼斯家族提起诉讼,之后被驳回了。)

哦,是的,我记起来了。这个我在报纸上看到过。是的,赔偿金确实太少了。

和他道了声感谢,我便挂上了电话。

我想念我们,想念我们的回忆。想念歌手埃米尔·拉蒂默,我们曾经在妮娜·西蒙①的演唱会视频中看见过他。诸多巧合的欢乐,追忆消逝的风采,让我们产生了撰写本书的想法。我们把这计划称为"红色圈子"。我们展现了很多面孔,皮埃尔·叙德罗②书中的一位得奖者,鲁瓦·德卡拉瓦③和约翰·柯川④、本·韦伯斯特⑤的一张合照,杰克逊·C.弗兰克⑥和他的歌曲《蓝调游戏》。我们说到了吉内特·内弗。

---

① 妮娜·西蒙(1933—2003),美国歌手、作曲家与钢琴表演家。
② 皮埃尔·叙德罗(1919—2012),法国政治家。
③ 鲁瓦·德卡拉瓦(1919—2009),美国摄影师。
④ 约翰·柯川(1926—1967),美国萨克斯爵士乐演奏家、作曲家。
⑤ 本·韦伯斯特(1909—1973),美国萨克斯爵士乐演奏家。
⑥ 杰克逊·C.弗兰克(1943—1999),美国民谣创作歌手。

第十九章　弗克桑地区科尔梅耶

偶然性与我们相似。

——乔治·贝纳诺斯①
《在撒旦的阳光下》

在停靠摩洛哥之后,"解放者"运输机直冲云霄,飞向弗克桑地区科尔梅耶的奥里附属机场。飞机相继掠过摩洛哥海岸线,拉巴特②,盖尼特拉③,丹吉尔④,直布罗陀典型的地中海盆地,马拉加⑤,格拉纳达⑥,萨拉戈萨⑦,比利牛斯山和走私者的隐秘通道,图卢兹、斯特拉斯堡和奥尔良也一个接一个冒了出来。从前殖民地出发,沿着对角线长途飞奔九个小时,从一个大陆飞到了另一个大陆。傍晚时分,罗杰·卢布里驾驶的运输机即将飞抵目的地,控制塔发出指令,让飞机降落在

---

① 乔治·贝纳诺斯(1888—1948),法国作家。
② 拉巴特,摩洛哥首都,位于摩洛哥西北部布雷格雷格河口。
③ 盖尼特拉,位于摩洛哥塞布河的海口城市。
④ 丹吉尔,位于摩洛哥北部的一个滨海城市。
⑤ 马拉加,位于西班牙南部安达卢西亚、地中海太阳海岸的一个城市,也是西班牙的第二大港口。
⑥ 格拉纳达,位于西班牙安达卢西亚自治区内,格拉纳达省的首府。
⑦ 萨拉戈萨,西班牙第五大城市,也是阿拉贡自治区和萨拉戈萨省的首府,位于伊比利亚半岛东北部。

机场四号跑道,离国际航运公司的大楼不远。成功降落后,飞机便被指挥驶进航空公司的飞机库,远离聚集在候机大厅的众多记者。库门关上,也没有关注的目光,一具具棺材从飞机屁股里抬了出来,整齐地摆好。外面,灵车队正在等着它们。三十三具遇难者遗体由教会统一收集,然后由圣奥古斯丁、拉雪兹神父公墓、圣约翰以及外省的灵车队分别运走。在场的有迪迪埃·多拉,他是梅尔莫兹和圣埃克絮佩里的同事——他是圣埃克絮佩里在《夜航》里塑造的里维埃一角的原型——是法国航空运营中心的主管。多拉是邮政飞机无可争议的总指挥,他赏识圣埃克絮佩里的才能,任命他为撒哈拉海岸航空主管。他的作风是避开正面交锋,他首先打发梅尔莫兹去清洗发动机,并跟梅尔莫兹讲:"我需要的不是马戏团艺人,而是大巴驾驶员。我们会训练你的。"就在这个时刻,一辆阴森不祥的大巴车恰巧从他眼前驶过。

二十一点,F-BAZN 型客机上的乘客开始最后的一段行程。一路上,灵车队由国家宪兵摩托车队护送,驶向巴黎,驶向迎接他们的墓地。

就在同一时刻,就在一九四九年十一月八号的这个晚上,在加沃音乐厅里,英国女歌手凯瑟琳·费里尔①举办了她在巴黎的首场独唱音乐会。"聪明的卡芙"②无与伦比的嗓音,宛若一首安魂曲,在音乐厅里久久回荡。同时发生的事情如此神奇,两名女性天才,一名是小提琴家,另一名是女低音歌唱家,相同的日期将她们联系在了一起,她们的"内心深处"

---

① 凯瑟琳·费里尔(1912—1953),英国著名女低音歌唱家。
② 这是凯瑟琳·费里尔的绰号。

彼此呼应。F-BAZN 型客机把遗体运抵巴黎,英国女歌手举办独唱音乐会,就在这个夜晚,就在同一时刻,这两件同时发生的事情,彼此毫无因果关系,却表现为众多"客观偶然性"之一。这些"客观的偶然"无处不在,又不见其影,直到它们接近,才会蹦入我们的眼帘,如同闪烁的颗颗恒星,是我们的眼睛和心灵把它们凝聚成夜空中璀璨的星座。在绘图本上给每个圆点都编上号,然后把它们串连起来。是被迫的巧合,还是命运的力量,没有人知道,只知道在这组日期上产生了最难以置信的结合。精神病学家卡尔·古斯塔夫·荣格有个著名案例,一位女病人讲她梦到了金龟子,恰巧在此时,一只金龟子正在猛击窗户——一只生活在玫瑰花上的鳃角金龟子打开了疑惑之门。

凯瑟琳·费里尔和吉内特·内弗,两位命数已定的姐妹,两段辉煌而早夭的人生,两颗转瞬即逝的流星。她们在两个月前的爱丁堡艺术节相遇过,这是联系她们的唯一一次活动。在随后的晚宴上,她们满心欢喜地注意到,她们会在同一时刻去美国巡演。于是在互相道别时,她们彼此答应对方在纽约无论如何都要聚上一聚。这次重逢终究只是水中月镜中花。亚速尔群岛空难发生三天后,凯瑟琳·费里尔给她威斯康星州的朋友贝妮塔·克莱丝写信:

伦敦

一九四九年十月三十一日

我亲爱的贝妮塔:

昨天我刚到就看到了你那两封情真意切的信——我对音乐会感到很高兴,天啊,我希望我没有让你失望!

和你在一起让人很愉快——请问,我可以下午上床睡会儿觉吗？因为我不是很健谈，而且我需要打个盹，好让我迟钝的大脑恢复活力。我在想：坐火车从新墨西哥州到圣地亚哥要花多少时间呢？我不想一月份坐飞机——我一直很讨厌这个。吉内特·内弗在一架飞往美国的航班上不幸遇难，得知这个消息我感到很震惊——她是世界上最杰出的小提琴家之一，她才三十岁！我甚至无法想象这一切究竟如何发生——她哥哥也是遇难者之一——多大的损失啊！[……]

愿上帝保佑你，让你一切顺利——我们迎来了第二个冰川期，这样生活变得更加简单一些，我的尼龙袜撑不到我来美国的时候了——我们在这里一双袜子也没有，但我在度假时可都穿着尼龙袜的！

诚挚的友谊。

凯瑟琳

吉内特和凯瑟琳有一位共同的朋友，这位朋友便是乐团指挥约翰·巴比罗利。他真的不敢相信自己会比她们两位活得都长，不敢相信自己会为她们两位撰写悼词。"我的幸福我做主"，凯瑟琳·费里尔有一天这样写道。而巴比罗利，两个人他都认识。她们都是战后最伟大的女性音乐家，一次命运的力量就将她们连在一起，这力量便是一九四九年十一月八日的巴黎。

第二十章　大赦年①

然而，主啊，我做了一趟危险的旅行

只为一睹绿玉板上您的浮雕图像

——布莱斯·桑德拉尔

《纽约的复活节》

在魁北克，"飞机失事"用法语说，而不用英语说。

蒙特利尔，一九四九年八月，居伊·雅斯曼和他的母亲登上了"法国皇后号"客轮。一周前罗杰·勒梅兰回国时乘坐的也是这一艘船，他的小说《在慢坡脚下》获得了巨大成功，由法国弗拉马里翁出版社出版。慢坡区是蒙特利尔的百姓聚居区，居伊喜欢迈着大步在里面走走。居伊是《加拿大日报》的主编，他很孝顺，还未结婚。他想趁着法国警察总署的邀请，借筹备一九五〇年大赦年之际，去实现他母亲拉谢尔·瓦卢瓦的梦想：参观天主教的朝圣地。居伊·雅斯曼很早就干上了记者这一行当，他受到了奥利瓦尔·阿瑟兰②的深刻影响，后者既是他的表率，又是他的挚友。在三十年代的蒙特利

① 大赦年是教会主持的一项赦免罪行的庆祝活动，每二十五年举行一次。

② 奥利瓦尔·阿瑟兰(1874—1937)，加拿大记者、编辑、作家和报社老板。

尔,居伊和他的朋友威利·舍瓦利耶相继登上了魁北克日报界的显赫位置。很快,一个负责《加拿大日报》,另一个负责《太阳报》。在第二次世界大战期间,居伊曾经在一家援助法国难民的机构里担任志愿者。他正是在法国侨民的叙述中对法国这个国家有了了解,终究有一天他会奔赴那个国度。一九四八年十二月,他遇到了一位斯坦尼斯拉斯学校①的法国年轻教师,名叫瓦勒里·季斯卡·德斯坦②。居伊和他讲他八月份要出行,于是他们两个人相约在巴黎见面。他要报道大赦年的筹备工作,所以他整个夏天得前往立斯③、卢尔德④、意大利,甚至得去梵蒂冈,然后在蔚蓝海岸消停一会儿。他母亲以前做过乐师,所以他们计划在回加拿大的前一周,去罗马歌剧院观看歌剧《拿布果》⑤,去普莱耶尔音乐厅观看吉内特·内弗规模盛大的告别演出。

十月二十七号这晚能够见到天才演奏家,就在咫尺之内,就在登机口旁,简直太出人意料了。拉谢尔久久回不过神来。她留着"告别音乐会"的节目单,一上飞机她就急匆匆地把它拿出来让吉内特签名。

居伊对自己的行程感受颇深,他的文章也诠释了他的热

---

① 这是一所位于加拿大的法式中学。

② 瓦勒里·季斯卡·德斯坦(1926—),法国政治家,前任法国总统。因主持起草《欧盟宪法条约》,又被誉为"欧盟宪法之父"。

③ 立斯,位于法国西北部,是法国上诺曼底大区卡尔瓦多斯省的一座城市。

④ 卢尔德,是法国西南部上比利牛斯省的一个市镇。据说在1858年,有个叫贝娜黛特的女孩在附近波河旁的山洞中看到圣母玛利亚显灵18次,从此该镇成了天主教世界最著名的朝圣之地。

⑤ 《拿布果》是由意大利作曲家朱塞佩·威尔第作曲的四幕歌剧,描述犹太人被巴比伦君王拿布果(尼布甲尼撒二世)击败并逐出家园、掳往巴比伦的故事。

情。他在出发前一天出席加拿大大使馆的午宴时说过,大赦年将是基督教历史上具有里程碑意义的事件。

　　居伊在文章里呼吁魁北克的基督徒参加由教区组织的旅行。可能有些人听从了他的建议?没人知道,但就在一年之后,一九五〇年十月二十七号,卢尔德迎来了一个加拿大朝圣团。他们三天前乘坐"哥伦比亚号"客轮到达里斯本。在结束法蒂玛①的参观后,他们把卢尔德作为法国之旅的首站,之后赶赴巴黎和立斯。朝圣之旅的压轴大戏,是十一月十三日在梵蒂冈参加教皇庇护十二世的接见仪式。之后就赶赴钱皮诺机场,坐飞机回巴黎。飞机是柯蒂斯-里德飞机制造公司的 DC-4 型客机,于十四点十六分起飞。一小时之后,飞机在伊泽尔省②迎面撞上奥比乌山峰,撞在拉萨莱特高地。没有一位幸存者。救援队翌日清晨抵达飞机失事地点,发现景象极为惨烈。有关事故原因的荒谬无比的理论不胫而走,其中最离奇的解释是飞机被苏联间谍劫持,一些梵蒂冈发往美国的机密文件交给了几位朝圣者,这些间谍要去截获这些文件。

①　法蒂玛,位于葡萄牙中部的一座城市,距离首都里斯本以北 123 公里。
②　伊泽尔省,是法国罗讷-阿尔卑斯大区所辖的省份。

第二十一章　虚幻的荣光

鳄鱼不会流泪，所以不行葬礼。

——弗朗西斯·毕卡比亚①

奥里，一九四九年十一月八日——法国航空公司举行盛大的仪式，热烈庆祝第两千次跨大西洋飞行。香槟、鱼子酱、龙虾替代了往常的工作餐。

巴黎，一九四九年十一月九日，圣奥古斯丁教堂——这是一个不眠之夜，F–BAZN 型客机上的十一名机组人员的遗体被放置在圣奥古斯丁教堂的地窖里。家人，朋友，素不相识的人们，政府部门和公司的官员，十一点钟时都来到了这里，为星座号遇难的飞行人员送上最后一程。在教堂中央，金属拱梁下悬挂着用鲜花装饰的巨大的铁艺烛台，一排排座椅前都站满了悼念的人群，全是公司的同事，一直站到祭台处。航班的同事们穿着镶有被戏称为"大虾"的法航海马标志的制服，他们平时工作都很出色。圣奥古斯丁教堂是首都中心的历史

---

① 弗朗西斯·毕卡比亚(1879—1953)，法国画家、作家，崇尚达达主义和超现实主义。

印痕,散发着浓郁的拜占庭气息,混搭使用白色石材和金属拱廊。如果无视这座教堂的魅力,那就好比把圣心大教堂说得一无是处,好比给巴黎公社泼脏水。在弥撒开始前,数以千计的巴黎人,怀着一丝好奇之心纷至沓来。他们缓缓而行,神情庄重,一直走到木棺跟前。人群因而一直延伸到教堂门口。站在最前面几排的,是泪流满面的家属,他们戴着黑纱,穿着深色套装。站在后面几排的是官员,其中值得一提的,有法国航空公司总裁马克斯·伊曼,有法国政府部门、巴黎市政府、警察局和空军的代表,站在最后面的是督察员莱维斯-米尔普瓦,他是超度亚速尔遇难者亡灵的天神。主教勒克莱尔主持完追思祷告后,人群便在教堂廊台上飘出的悠扬的大管风琴琴声中徐徐散去。在教堂广场上,机组成员的灵柩被装上灵车,然后驶向各自下葬的墓地:机长让·德拉努埃要回到他北部滨海省的家乡,回到普莱纳瓦昂德雷小镇。

盛大葬礼的主办地,理查-勒努瓦大道 66 号——星座号乘客的遗体会呈现在他们家人面前。每个木棺上都贴有姓名和官方的核查文件。在运往墓地之前,所有遗体还要再核实一遍身份。很快,他们都要回到各自的家族墓园,牧民们回到巴斯克,阿梅莉·林格勒和勒内·奥特回到阿尔萨斯,保尔·让塞回到拉伊莱罗斯①,乔·朗文回到巴纽②,吉内特·内弗回到拉雪兹神父公墓,还有六具身份尚未得到确认的尸体,他们合葬于无名乘客墓,这个坟墓是为这些无名尸体而建,相关

---

① 拉伊莱罗斯,位于巴黎南郊,是法国法兰西岛大区马恩河谷省的一个市镇。

② 巴纽,位于巴黎南郊,是法国法兰西岛大区上塞纳省的一个市镇。

国家因为存有疑虑,拒绝运回这些遗体。他们可能是雷米希奥·埃纳多尔,汉娜·艾博特,雅各布·拉福,埃格利纳·阿瑟肯,穆斯塔法·阿朴杜尼,詹姆斯·泽比纳,他们都成了巴黎东部的无国籍人士。

圣洛朗墓园,圣十字大道 805 号,蒙特利尔,加拿大——居伊和拉谢尔·雅斯曼的遗体于十一月七日到达蒙特利尔,魁北克记者团体聚集在外山区的圣玛德莱娜教堂,向《加拿大日报》的主编和他的母亲致敬。这个国家的所有报社,甚至是纽约的《时代》杂志,都派了一名代表。居伊的朋友亚瑟·普雷沃向所有出席人员朗读了一张居伊出发前一天寄给他的明信片。

十一月十日,卡萨布兰卡,卢尔德圣母院——两天以来,卡萨布兰卡,前去瞻仰拳击手遗体的人络绎不绝。深陷悲痛的虔诚之心,载誉归来的幽暗亡灵。队伍沿着利奥岱公园的林荫大道排起了长龙。在摩洛哥秋日的闪亮阳光下,每个人的表情都显得极为凝重,眼神忧郁而迷茫,他们默默地走着,希望能到遗体前默哀片刻。长夜漫漫,却无法阻止众多百姓加入送行的队伍。灵柩台上装饰着一个大写字母"C",边上摆满了花束和花环,外面用围绳围了起来。每隔一段距离便有警卫站岗,他们要清理场地上的鲜花和祭品。签名簿已经用掉了十本。卡萨布兰卡停下了脚步,葬礼似乎永无休止之时,真是无边的悲伤。

十一月十日上午十点,卢尔德圣母院举行拳击冠军的葬礼仪式。动用了五十辆出租车运送堆积如山的鲜花。阿尔法车队威武气派,颇有阅兵式的风范。这是无与伦比的一天,全民放假，七万人把葬礼之地围得水泄不通。在教堂出席仪式的有摩洛哥王室，有总督夫人朱安女士，有弗朗西斯·拉科斯特，有全权公使里格里耶先生，他是内政部部长办公室主任，还有法国拳击联合会主席格雷莫先生，他是当天凌晨四点到的。站在最前面几排的是塞尔当的家人，马里内特和她的三个孩子，表兄表弟，叔叔伯伯，还有亲朋挚友。他的侄子勒内·塞尔当是名拳击新手，今年夏天还当过塞尔当的陪练。他洒着圣水，伤心欲绝，一下子瘫倒在木棺上。前经纪人吕西安·鲁普也前来出席葬礼。仪式结束后，送行的队伍熙熙攘攘，一直送到本·明思克墓地。牧师宣读祭文，掘墓人培下了第一铲土。

回到盛大葬礼的主办地，理查-勒努瓦大道66号——吉内特·内弗得在十一月九日葬入拉雪兹神父公墓。至于让，他的遗体还没有找到。墓地在十一号墓区，墓穴上刻有一把浅浮雕小提琴，小提琴上方竖着一块墓碑，上面饰有一块铜质像章，是小提琴家的侧面像，下面写着如下文字：

> **这里安息着吉内特·内弗（1919—1949）**
> **纪念她的哥哥让·内弗（1918—1949）**
> **两位均于一九四九年十月二十八日**
> **在亚速尔群岛空难中不幸遇难**

但是下葬仪式被取消了。在盛况空前的葬礼仪式上，玛丽-让娜·龙兹-内弗拒绝辨认她女儿的遗体。

第二十二章　来自世界各地

学会卖出买进再卖出。

　　　　　　　　　　　　——布莱斯·桑德拉尔
　　　　　　　　　　　　《你的美胜过天空和大海》

　　飞机是一种奢侈品。来自平民阶层的乘客只有巴斯克牧民和牟罗兹的绕线女工阿梅莉·林格勒。他们出现在飞机上，只是因为前者签了份美国的合约，而后者收到了她教母寄出的汇票。"明星号飞机"，法国航空公司的宣传折页上如是描述。乘客们非富即贵，都是精英。这也是忙人们和商人们的出行工具。十月二十七日的晚上，来自新大陆的进出口商们在奥里机场登上了飞机。各大报纸头条新闻中列出的名单颇似巴别塔，把乘客们飞越过的大洲范围明显放大了。尘世间的沉淀可用化学方程式作如下分解：

　　约翰·艾博特，五十四岁，和他三十四岁的妻子汉娜一同从叙利亚回来。他们一个月前刚刚结婚。他们住在蒙大拿州的比尤特县。

　　穆斯塔法·阿朴杜尼，二十七岁，是叙利亚农场主，他去洛根①见他的妻子，在那里，他会第一次看到他二十一个月大

---

　　①　洛根，位于美国犹他州卡什县。

的儿子。

埃格利纳·阿瑟肯,三十四岁,土耳其进口商。

约瑟夫·阿哈罗尼,四十五岁,以色列律师。

爱德华·格林,二十九岁,美国制造商。

雷米希奥·埃纳多尔,四十九岁,古巴工业家。

埃默里·科靡奥斯,三十二岁,美国律师。

雅各布·拉福,二十三岁,伊拉克司机。

莫德·瑞恩,娘家姓吉布莱特,五十三岁,一九一九年与一名美国士兵结婚。她是和家人一起去法国度假之后返程的。她住在大西洋城①。

马加里达·塞尔斯,娘家姓卡斯特,三十九岁。她的丈夫菲利普·塞尔斯,纽约出口商。

拉乌尔·斯贝纳格尔,五十九岁,纽约塞尔西公司总裁,这是一家光学设备进口商行。他是结束巴黎的商务旅行后返程的。直到最后一刻,他的妻子依然满怀希望。在纽约机场大厅,她对媒体斩钉截铁地说:"如果有幸存者的话,那我的丈夫一定在里面。他的运气一直很好!"

伊莲娜·斯迈内弛,五十七岁,底特律人,寡妇,南斯拉夫移民。她是去看望她的母亲的。

爱德华·苏皮纳,三十九岁,布鲁克林花边进口商。他是去加莱参观制衣作坊后踏上返程的。

詹姆斯·泽比纳,五十二岁,墨西哥商人。

---

① 大西洋城,位于美国新泽西州。

第二十三章　穿红裙的吉内特，
　　　　穿绿裙的阿梅莉

我曾两次胜利地渡过阿刻戎河：

在俄耳甫斯的里拉琴上抑扬地变调

演奏出圣女的哀叹和仙女的呼叫。

——热拉尔·德·内瓦尔①

《不幸者》

　　躺在太平间的这具年轻妇女的尸体，面容烧焦，一袭绿裙，这不是她的女儿，她对此很确信，一直喃喃不停。这些指甲实在太长了，吉内特的指甲都剪过，以免影响演奏。有人在劝导玛丽-让娜·龙兹-内弗，甚至和她瞎扯，说人死后头发和指甲依然会生长。气氛变得凝重起来，对自己专长信心满满的官员们窃窃私语，他们从这场吵吵闹闹的争辩出嗅出几许否定的气息。情况并非如此。这条裙子不是她女儿的裙子，脖子上系着的这条埃及挂坠的链子，她从未见过，这具尸体的身材苗条瘦弱，与她熟悉的宽阔的肩膀毫无可比之处。

---

① 热拉尔·德·内瓦尔（1808—1855），法国作家、诗人，浪漫主义运动的代表人物之一。

她坚持着,她激动着。最终,尸体被运往法医研究所。经过牙齿检验后,一切疑惑都烟消云散了。这尸体不是吉内特·内弗。几小时后,拉雪兹神父公墓的纪念陵园里汇集了所有的无名尸体,有人在其中寻找天才演奏家,但一无所获。他们面前有六具肢体残缺的尸体,只有一名女性,而她显然不是吉内特。在逝世的不幸上又增添了谜团的折磨。命运之神猛烈地击打着内弗家族,他们发现,他们孩子的遗体都没有从亚速尔群岛回来。

可能出错了,有人提出。吉内特的姐夫巴雷先生展开了调查。他查阅了公司的记录,把范围确定为二十至三十岁的女性,名单上的许多名字都符合标准:阿梅莉·林格勒,牟罗兹的绕线女工,二十七岁;汉娜·艾博特,叙利亚人,三十四岁;弗朗索瓦兹·布朗迪埃,学习西班牙语的法国—古巴双国籍的大学生,二十一岁;泰蕾兹·埃什帕尔,巴斯克牧民,二十一岁;苏珊·罗伊格,空姐,三十岁。他从埃及吊坠上找到了蛛丝马迹,便挨家挨户打电话。十一月二十六日,他联系上了阿梅莉的父亲格扎维埃·林格勒。吊坠的确是他女儿的。这个男人神情沮丧地说,他女儿已于十一月十一日在邦特泽南墓园下葬了。跟上莱茵省政府通过电话后,巴雷立刻奔赴牟罗兹,赶到林格勒家里,马里尼昂巷二十四号。她家人跟他讲了讲葬礼,然后把他带到墓地。上午八点,殡仪馆的工作人员把锌板棺材挖了出来,用撬棍把它打开。毫无疑问,这件米黄色袖子的红色连衣裙正是他小姨子吉内特的。她的棺材被一辆灵车运回巴黎。十一月二十九日,大家都聚集在拉雪兹神父公墓。在十一号墓区,在和弗雷德里克·肖邦相隔几块墓地的地方,吉内特·内弗终于在此得以安息。与此同时,格扎维埃·林格勒赶往巴黎确认他女儿的遗体。几天之后,邦特泽南墓园又举行了一场葬礼。一处新墓穴又挖好了,尘埃落定;另一处墓穴空着,只有一个木十字架竖在被翻动过两次的泥土里,意味着红裙和绿裙的诅咒。

第二十四章　拟人法

写下的吻到不了它们的目的地，

而在中途即被幽灵们吮吸得一干二净。

　　　　　　　　——弗朗茨·卡夫卡①

　　　　　　　　《给米莱娜的信》

　　调查的结果没能解释亚速尔群岛空难发生的原因。机身的金属残骸未曾吐露星座号的任何秘密。飞机怎么会飞到圣米格尔岛边上的岛屿上？飞机受到了环境因素怎样的协同作用而撞上山峰的？哪个恶魔绞尽脑汁地让这么多差错同时发生，从而发生了零概率或几乎为零概率的撞击？

　　"几乎为零概率"成了所有关注的焦点，对于这种偶然性，必须剪除它的细枝末节，才能从必然性中提炼出来。两条法则驾驭着航空史，促使舆论从内部把一连串的理性推理转变为命运的神奇征兆：一条是"祸不单行"定律，一条是墨菲

---

　　① 　弗朗茨·卡夫卡（1883—1924），奥地利小说家，被誉为20世纪作家中最具影响力的一位。其代表作品有《变形记》《审判》《城堡》等作品。他与法国作家马赛尔·普鲁斯特，爱尔兰作家詹姆斯·乔伊斯并称为西方现代主义文学的先驱和大师。

定律①。第一条定律来自对一系列事件中的好事视若无睹，对悲剧事件大加渲染。根据第二条法则的推论，一系列错误必然导致灾难的发生，它表现为下面这句荒诞不经的格言："凡是可能出错的事必定会出错。"在所有可能出现的情况里，总是最糟糕的那种会成真，一直支配着航空业规则：只有小心谨慎，才能躲得过事故统计。一九四九年，让尸体"说话"还不可能。黑匣子的前身是于斯诺图像记录仪，由弗朗索瓦·于斯诺②发明，用来记录图像而非声音的飞行数据记录器，但这一仪器的使用还未普及。法国航空公司的调查员只能信赖飞机与控制塔的对话记录和飞机的残骸。这两条线索提供的信息穷尽之后，便只能精确模拟当时的飞行，以便找到故障的原因。注册编号 F−BAZO 的洛克希德星座号飞机是一架幻影客机，它要沿着先前的路线再飞一次，试图在天堂与亚速尔群岛失事飞机展开对话。用修辞学的术语来说，一九四九年十二月七日准备从奥里机场起飞的飞机只是一种拟人化的表达。本书无意于此。虚构一个无所不知的"我"，然后把遇难者的衣服披在身上，好像套上了以前小剧院的戏服似的，但这样的"我"并不存在。描写飞行，安排飞机上的某些人物，这便构成了唯一的视角，产生了独特的戏剧效果，我们希望它没有遮蔽其他的视角，没有掩盖其他的效果。一九四九年十一月九日的《官方通报》中刊载了一项政府决议，上

---

① 墨菲定律是一种心理学效应，是由美国爱德华兹空军基地上尉工程师爱德华·墨菲提出的。墨菲定律主要内容有四个方面：一、任何事都没有表面看起来那么简单；二、所有的事都会比你预计的时间长；三、会出错的事总会出错；四、如果你担心某种情况发生，那么它就更有可能发生。

② 弗朗索瓦·于斯诺(1912—1951)，法国工程师，飞行数据记录器"黑匣子"的发明者。

面有幻影客机机组人员的任命名单。名单中有民用和商业航
空督察员莱维斯－米尔普瓦,有航空总工程师富尼耶。这个
团队里还有莫里斯·贝隆特,法国航空公司的事故与安全调
查部门主管;让·达布里,机长让·德拉努埃手下的一位性格
刚毅的飞行员;此外还有飞行人员和法国气象局的一名工程
师。洛克希德飞机制造商的几位代表也加入了他们的团队,
这些代表对他们这款机型的命运颇为担心。这架飞机带着收
集证据的使命,于十六点整从奥里机场出发了。

就重量而言,F-BAZO 和 F-BAZN 可谓旗鼓相当——都
是中量级。在我的右边,F-BAZO 型客机,重二十八点四一五
吨,一九四八年二月二十七日获得了适航证,并于三月二十一
日投入运营,执行巴黎至西贡之间的航班任务,并途经开罗、
卡拉奇和加尔各答,飞行总耗时六十七小时。它属于殖民地
的长途机群,五年之后,印度支那获得了独立。在我的左边,
F-BAZN 型客机,重二十七点八三五吨,一九四七年二月二十
六日获得适航证。一九四九年四月六日,它在奥里机场的跑
道降落时发生颠簸而受损,受损部位在具有除冰器的左翼尖,
机翼损坏了两米,位于左机翼上表面最后方的一块护板折叠
了二十厘米,并且副翼铰链和翼肋右边也破损了三米。除了
这些细节,这两架飞机完全一样,F-BAZO 型客机出色扮演着
“陪练”角色,并准备在美洲大陆南部航线“空拳练习”,或者
更确切地说,“模拟飞行”,这对于调查委员会完成报告实在
是太理想了。不过,这架飞机的模拟飞行路线还是发生了变
更,最终决定在十月二十七日失事航班的原飞行路线上增加
两次停靠。第一站在马德里停靠,为了迎接西班牙空军的代
表。第二站在里斯本停靠,葡萄牙民航主管和航线工作人员
将在那里登机。

让死人说话，转动灵桌，召唤鬼魂，从他们那里得到最后一抹回忆，听到冥间的又一丝声音。所有这些都让生者痛苦不堪，内心深受遗憾的折磨，充满不安，依然期望传来生的信息。在昏暗的墓碑前，深更半夜被一声呼唤叫醒，这声呼唤只是缺失在清晰地宣告自己的存在。艾迪特·皮亚芙湮没在逝者的王国里，她依然相信拳击手会回到她的身边。"我坚信马塞尔还活着，他在等我。"她说道。坠机成了一股顽念，成了她命运的黑暗征兆："这是我第一次恋爱，然后，就这样，我的一切都被夺走了。这让我很伤心，很绝望，我的爱情就这样消失殆尽了。我想死，但是我怕我自杀了，就再也见不到他了。"在给她的朋友喜剧演员罗贝尔·达尔班的信中，她如是写道，害怕消失后便再也找不见。十二月初，她接到玛丽-让娜·龙兹-内弗打来的电话。一段漫长的对话，艾迪特讲得没完没了，终于有位心情悲痛的姐妹能够理解她，能够倾听她。吉内特的母亲跟她讲，有天晚上，夜已经很深了，她终于和她女儿对上话了，这让她感到无比快乐，知道她女儿宁静平和，她也感到很宽慰。这话进入艾迪特的耳朵，既让她燃起希望，又让她充满嫉妒。她为何无法与马塞尔相逢呢？她开始虔诚地信教，跑遍各大教堂，买了一串念珠，上犹太教堂，约见各色占星师、算命人和江湖骗子。接着，在一位美国古董商那里，她淘到了一张小半圆桌，这是让人如此觊觎的一件物品，颇似通向来世的天桥。她的朋友米歇尔·埃梅尔①是歌曲

----

① 米歇尔·埃梅尔（1906—1984），原名米歇尔·罗森斯坦，法国词曲作家。

《手风琴者》的作曲,向她讲述了维克多·雨果在根西岛①招魂通灵的一幕幕故事。"高城仙境"②袭上了夜色,墙角的桌子成了与他早逝的女儿列欧波汀③进行联系的纽带。独脚的小半圆桌足足响了四千个词语。在诗人的客厅里,鬼魂们纷至沓来,夏多布里昂④,但丁,埃斯库罗斯⑤,卢梭,马基雅维利⑥,安德烈·谢尼埃⑦来给一首未完成的十四行诗画上句号,莎士比亚则是口述新戏《潮湿的森林》。⑧ 桌子,抑或正如维克多·雨果称呼的"亡灵之口",在敦促他继续工作。这木桌胡诌道:"小说留到以后再写。"艾迪特希望听到马塞尔原谅她,她深知自己铸成大错。她要求他过来,叫他换掉船票,改乘十月二十七日的航班过来。她觉得纯粹是自己的任性剥夺了他的生命。她自己有飞机恐惧症。当她有航班要乘坐时,她的朋友便会试着安慰她,向她信誓旦旦地说,她的人生

---

① 根西岛是英国的海外属地,位于英吉利海峡靠近法国海岸线的海峡群岛之中。雨果曾经在 1855 年到 1871 年间流亡于此。

② 这是雨果在流亡地根西岛的住所。

③ 1843 年 9 月,雨果的大女儿列欧波汀与丈夫夏尔·瓦克里在蜜月旅行时不幸溺死。

④ 夏多布里昂(1768—1848),全名弗朗索瓦-勒内·德·夏多布里昂,法国 18 至 19 世纪的作家,政治家,外交家,法兰西学院院士,法国早期浪漫主义的代表作家。

⑤ 埃斯库罗斯(前 525—前 456),古希腊悲剧诗人,与索福克勒斯和欧里庇得斯一起被称为是古希腊最伟大的悲剧作家,有"悲剧之父"的美誉。

⑥ 马基雅维利(1469—1527),全名尼可罗·马基雅维利,意大利政治哲学家,意大利文艺复兴时期的重要人物,代表作有《君主论》《论李维》等。

⑦ 安德烈·谢尼埃(1762—1794),法国诗人。

⑧ 1843 年,雨果最钟爱的大女儿列欧波汀意外身亡,雨果深受打击。后来雨果一家又被流放根西岛,当地天气糟糕,雨果本人备感寂寥无行。在此期间,雨果款待了一位名叫德尔菲娜的朋友,在这位朋友的游说下,雨果一家买了一张独脚小圆桌,称为"灵动桌",供招魂时使用。雨果本人被这张所谓"灵动桌"的招魂效果激动不已,几乎每天晚上都要与他逝去的女儿以及塞万提斯、夏多布里昂、伽利略等名人鬼魂交流。

还未到终点。每逢此时,她就会向她的这些朋友简明机智地回答道:"如果是飞行员的人生到了终点了呢?"她心想,为何忘记了这种恐惧? 为何她会被急躁和自私驾驭? 在把小半圆桌转了无数遍之后,马塞尔终于来到了她的身边。他和她说着话,让她的情绪一度平复下来。经过短暂的重逢之后,神奇的小半圆桌从初次的寻觅中转了回来,责怪她很吝啬。小家具蜕变为财务顾问,成为"小麻雀"信赖的知己,经纪人反倒成了敲诈勒索者,艾迪特对他很不信任,离他远远的。她不再让死者说话了。

据说,《爱的礼赞》①的编曲与马塞尔·塞尔当的死亡有关。事实并非如此。这首歌写于一九四九年春天,起先是准备给伊薇特·吉罗演唱的。她是艾迪特关爱有加的年轻歌手。一九五九年的《美丽的爱情故事》则是艾迪特献给塞尔当的赞歌:

> 我听见的是你的声音
> 我看到的是你的眼睛
> 我等待的是你的双手
> 我只对你钟情

在她逝世之前的四年,皮亚芙在其自传《幸运的舞会》中写道:"我愿踏遍千山万水,只为听一听伟大的吉内特·内弗。"

---

① 这首歌由艾迪特·皮亚芙作词,是皮亚芙最受欢迎的歌曲之一。

第二十五章 《阿尔萨斯新闻报》

你知道他们把我派到哪里去吗?

派到马其诺防线前沿:这叫作有保障的战争。

——让-保罗·萨特①

《理性时代》

　　勒内·奥特自愿放弃了《阿尔萨斯新闻报》秘书长的职位。他被法军指挥部吸收入伍,于一九四〇年一月开始在卢森堡边境处的反侦察部服役。梅斯军事研究地方署,位于马其诺防线前哨的连队,监视着边境另一端的德军侦探情况。他和他的战友奥古斯特·克莱芒一起整夜整夜地轮流值班,希望能截获加密电报,撰写一份份报告,综合看似矛盾的信息,以便推测对方进攻的时间和地点,防止对方突袭。四月初,他配合卢森堡政府安装了一套报警设备,一旦发生战争,这套设备便可以替代现有的电话网。一套覆盖范围很广的短波收发报机系统在卢森堡边境区域建立了起来。勒内相信,胜利在于最后一击。他是和平主义卫士,是《公民进步》的记

---

① 　让-保罗·萨特(1905—1980),法国哲学家、作家,存在主义哲学的大师,被誉为20世纪最重要的哲学家之一。其代表作《存在与虚无》是存在主义的巅峰作品。

者,他大肆抨击大发战争财的不义之士,宣扬要加强国际联盟。他被视作激进的社会主义者,他努力创建一份"真诚人看的真诚报纸",这也成了这份报纸的宣传口号。之后,幻想通过对话和和解来恢复世界和平,这似乎与这种骗人的把戏相差十万八千里。他担心战壕又会遍地出现,不再相信将军们的防御体系,不再相信马其诺防线固若金汤的神话,它们都只是欺骗小兵的鬼话,这个男人一边监听着德国国防军,一边自言自语道。进攻的规模将是空前巨大的,与贵妇小径上面对面的拼刺刀显然不可同日而语。坦克会粉碎过时的抵抗设施,彰显闪电战的本色。

一九四〇年五月十日凌晨四点三十分,德国军队越过卢森堡边境。如预计的那样,报警设备起到了替代电话网的作用。勒内一切准备就绪,跟随着参战部队前进,从盟军兵营撤离。下午,要组织反击已经不可能了,这时要把一部分居民遣送回国,转移邻国政府以及王室家族。在杜多中尉的陪同下,他组织人员把设在罗当①至隆格维②公路上的路障清除,便于居民撤离。之后,他被赋予了一项极其重要的任务——注意卢森堡大公夫人夏洛特的安全,并确保其平安回国。这是一项秘密的保卫任务。在他眼里,能从瓦雷内③逃脱就是一项伟大的壮举。他像没落贵族出身的反革命分子,不到二十四小时便理好了箱子,然后像英国人一样疾驰而去。根据命令,车队要开到隆格维高地④,然后由阿尔尚上尉接管,把王

---

① 罗当,位于卢森堡的一个市镇。
② 隆格维,位于法国默尔特-摩泽尔省的一个市镇。
③ 瓦雷内,位于法国多尔多涅省的一个市镇。
④ 该地位于法国、比利时和卢森堡交界处。

室送到多尔多涅省①的蒙塔斯特吕克城堡。

"怪战"开始了,勒内自愿在巴尔干地区执行一项任务。有关这次行程,我们无从知晓。作为优秀的密探,他叫妻子玛格丽特在他出发前把档案烧掉。六月十七日,法军的停战意味着他的双重间谍任务的结束。七月初,他和妻子、兄弟约在里昂会面,他跟他们说他要去美国,想在那里加入"自由法国"部队。他把家人留在阿尔萨斯,托付给他兄弟照顾。五年来,他试图通过各种手段加入盟军的情报部门:他阿尔萨斯的出身成了他参军的阻碍。于是,他过起了双重生活,一方面在相关部门耐心等着,另一方面也买了房子定居起来,最终得到了美国情报部门的青睐——破译密码、翻译密码、发出干扰电码,都是些鸡毛蒜皮的小任务,根本接触不到恩尼格玛密码机②的核心机密。

一九四五年五月八日,战争已经结束。勒内坐上上开往法国的首趟客轮。萦绕在他脑海中的只有一个想法,要说服他妻子移民美国,然后在《战斗报》或《曙光报》谋得一份通讯记者的工作。他们的对话很快就结束了,答案是否定的,五年来,她一直翘首企盼着他回来,希望他立刻忘掉他的美国梦,然后回到蓝云街十七号的《阿尔萨斯新闻报》,重新履行秘书长的职责。一九四九年十月,他只能同意回到阿尔萨斯生活,他决定卖掉纽约的房子。办完最后几项手续后,他便可以回来了。十月二十七日,勒内·奥特坐上了法国航空公司 F-BAZN 型客机,给他的美国梦画上了一个句号。

---

① 多尔多涅省,法国阿基坦大区东北部的一个省份,为法国第二大省。

② 恩尼格玛密码机,是一种用于加密与解密文件的密码机,在 20 世纪 20 年代开始被用于商业,一些国家的军队与政府也曾使用过它,其中的主要使用者是第二次世界大战时的纳粹德国。

　　十一月,一位法国航空公司的职员给奥特家打去了电话。勒内的遗孀接了电话,这位职员向她解释了情况:她丈夫的遗体没能被确认,她是希望他下葬在拉雪兹神父公墓的一个公共墓穴里,还是希望把空棺材运回国内?她的姐夫听到了这段对话,要把勒内和那些没有独墓的尸体葬在公共墓坑里,显然让人无法接受。他的表兄勒内·封丹是一名医学教授,他保证自己可以鉴定尸体,提出和死者生前的牙医一起去理查-勒努瓦大道的太平间。不消几分钟,他们便认出了他的尸体——一点都没用到科学知识,他们在一具无名尸体的口袋里搜了搜,便找到了勒内的护照。婚戒不见了。难道被山上的村民抢走了?流言蜚语开始传播开来,有人面露惊恐之状,绘声绘色地说勒内的手指被割掉了。玛格丽特的一番话打消了他们的疑虑。勒内生前经常打高尔夫球,戴着戒指让他感觉很不方便。于是他们约定,由她把两枚戒指戴在手上。

第二十六章 一架飞机的交响乐

今天,机器制造了如此多的噪音,以至于微弱单调的纯粹声音,再也激发不了任何情感。

——路易吉·鲁索洛①
《噪音的艺术》

一九四九年十月五日,皮埃尔·谢弗②推出了他的第一部作品《五首噪音曲》,并在法国国家广播与电视台进行转播。这部"噪音合奏曲"分为五个乐章:《惊慌:回旋门之声》《强迫:铁路之声》《协奏:乐队之声》《构建:钢琴之声》《悲怆:平底锅之声》。在皮埃尔·亨利③加入后,谢弗组建了具象音乐研究小组(GRMC)。他们共同录制了《单人交响乐》,作品的两个部分以"拟人"为标题。他们的研究主要是编排噪音,组合从真实世界中抽取的具象元素,一段一段连接起来,构成一段连续的声音,组成一段音乐。一九四九年十二月,F-BAZO 型客机在蓝天上沿着 F-BAZN 型客机悲剧般的

---

① 路易吉·鲁索洛(1885—1947),意大利画家和作曲家,未来主义运动的重要成员。
② 皮埃尔·谢弗(1910—1995),法国工程师、研究员、作家和音乐家。
③ 皮埃尔·亨利(1927—),法国作曲家、音乐家。

航线飞行,试图从中推断出某些原因。就在此时,皮埃尔·谢弗把这种噪音艺术高度格式化,并在《复调》杂志上将其命名为以下术语:"具象音乐"。在这篇充满活力的声音宣言中,他写道:"从现成的实验性音库中抽取元素进行组合,从而产生了这个理念,我将其建设性地称为'具象音乐',以彰显体现在我们身上的相关性,不是与预先构想的抽象音乐相关,而是与具体存在的声音片断相关,这些片断是确定且完整的发声物体。"您也许会问我:这和亚速尔群岛的坠机事故有什么关系呢?和法国航空公司调查委员会还原飞行路线的计划有什么关系呢?那我会这样回答您:除了某处关联之外,确实没有什么关系。就是后知后觉,就是古怪的巧合,就是某些正巧吻合的日期,就是这样。如同皮埃尔·谢弗的《铁路之声》——蒸汽火车声音的记录——F-BAZO型客机在一九四九年十二月七日至八日晚上的还原飞行,也可以被称为《飞行之声》。法国航空督察员们钻进星座号的金属舱内搜寻声音,搜寻这些或是破碎,或是连续,或是缺失的声音。他们像作曲家一样,要把声音逼迫出来,特别是故障的声音。这是一群无线电声波传输领域的技术员。您对此将信将疑,您觉得这样的比较很夸张,不过,这些人的任务就是在大西洋上空的机舱内,蜷缩在角落里,竖起耳朵,监听着无线电电子导向装置发出的连续不断的啪啪啪声,如同小拇指扔下的白色石头,以便定位美洲南部航线的航标。要听到这首航空音乐,就要懂得它的乐理。调查委员会的还原飞行给我们提供了一项极佳的音阶练习。它的主要任务是:仔细还原十月二十七号那次悲剧事故的飞行路线,确认奥里机场到圣玛丽亚机场这条航线上的导航信标和无线电信标运行正常。无线电信标,顾名思义,它通过无线电电子导向装置,向轮船和飞机提供确切的地面坐标,人们不无诗意地将其称为"声音之路"。让我们回到技术上来:这些无线电信标可以在空中放出两道信号,它们呈垂直相交的十字形,信号与信标的位置垂直。

+

在天空中传播的路线是看不见的,这些路线由声音的垂直面构成,与地面的信标发射装置远距离连接。它们的最佳传播距离与气象条件有关——显然,天气越糟糕,信号就越差。那么这个声音路线在飞机里如何具体表现呢?这比较简单,如果飞机往预定路线的右方偏移,那么无线电技术员就会收到一系列被称为"线"的长波声;如果它向左边偏移,那么他就会听到一系列短波声,这些短波声就被称作"点"。当然,当飞行员非常老实地沿着地面信标发射台标识的路线飞行时,那么这些点线就会融为一道单一而连续的声音。就F-BAZN型客机而言,它撞向雷东多山说明它严重偏离了航线。为什么他们会朝群岛北部偏离?在撞击前几分钟执行降落程序的时候,他们怎么就没有收到圣玛丽亚岛控制塔提醒纠正错误的指令呢?这正是民航督察员们在这次还原飞行中试图了解的内容。

在马德里和里斯本相继停留后,星座号F-BAZO型客机的飞行员让·达布里便朝群岛飞去,在与亚速尔群岛交会后,他便踏上了他前任的灾难之路。

第二十七章　星座号第四十九名遇难者

> 任何一个受人爱戴的歌唱家或者艺术家的离世，
> 都一定会引起全国性的哀悼。
>
> ——斯蒂芬·茨威格①
> 《昨日的世界》

当玛尔加利特·弗勒梅尔在一九三一年维也纳国际比赛上，第一次听到吉内特·内弗的演奏，如同受到神启。她被这位十二岁的小姑娘感动得热泪盈眶。小姑娘演奏的巴赫的《恰空舞曲》毫不逊色于其他选手，其中大部分都是成年人。自那以后，音乐才女每次来奥地利演出，玛尔加利特都没有错过。她把日报上有关内弗的新闻工工整整地剪了下来，把它们整整齐齐地贴在一本大册子里，有一九三五年三月获得维尼亚夫斯基奖的新闻，有在德国举办音乐会的新闻，还有在苏联和美国巡演的新闻。吉内特的一张相片嵌在这本册子封皮的衬纸里，这本册子装订得那么精致，颇似她在维也纳九区市政图书馆里管理的那些书籍。她是那里的主任。她的丈夫在

---

① 斯蒂芬·茨威格(1881—1942)，著名奥地利犹太裔作家。中短篇小说巨匠，擅长人物的心理分析，也著有多篇名人传记。

苏联前线阵亡,他是在德奥合并两年后加入的德国国防军。一九四五年四月围攻维也纳时,图书馆部分受损。四月十三日,红军攻入城内,意味着纳粹占领时期的结束。首都满目疮痍,整整三天,苏联士兵如潮水般涌进城内,又让它饱受蹂躏。

维也纳爱乐乐团受到战争的严重影响。自一九三五年起,猖獗的反犹太主义正逐渐蔓延到艺术创作的阵地。就在理查德·施特劳斯的歌剧《沉默的女人》举行首演的三天前,剧本作者斯蒂芬·茨威格的名字在海报上被人删除了。一九三八年,党卫军成员威廉·耶格被任命为爱乐乐团团长。乐团的纳粹化政策使乐团成员遭受迫害,小提琴家克莱门斯·哈尔斯堡以及六名犹太裔音乐家惨遭杀害,另外十名被关押在死亡集中营。

玛尔加利特精心保存着百代公司出品的吉内特·内弗的唱片。勃拉姆斯和西贝柳斯的协奏曲,德彪西的《奏鸣曲》,拉威尔的《茨冈》,苏克的《四重奏》和肖松的《音诗》。这些乙烯盘在留声机上旋转着,直到在这些七十八转唱片上犁出历史的光泽。这种迷恋变成了执着。得知吉内特·内弗要来举办系列音乐会时,玛尔加利特便赶忙冲向爱乐乐团,确保能买到所有演出场次的票。斯特拉迪瓦里小提琴飘出的美妙琴声,在演奏会谢幕后与小提琴家相见、交流的机会,七个晚上因此变得让人心旷神怡。她觉得和吉内特结下了友谊,因为吉内特给她留了巴黎的地址,她们便可以通信了。

一九四九年十月三十一日晚上,玛尔加利特正在翻看《奥地利日报》。她翻到了第四版,上面有篇文章专门报道发生在远方的亚速尔空难。她摘下了吉内特·内弗的照片,剪下这一版报纸,用铅笔在下方写道:"我很绝望……"她朝厨房走去,抓起煤气灶软管,塞进自己的嘴里,按下炉灶按钮。

十一月一日,她的尸体被人发现,平躺在地上,手里捏着照片和文章。世界各大媒体转发了这条消息。她被算进了遇难人数里,从此人们称之为"星座号第四十九名遇难者"。

第二十八章 极光

不要被结果所困。

——勒内·夏尔
《希普诺斯诗册》

在里斯本海面上，F-BAZO 型客机机组人员手动操作无线电罗盘，开始详细记录数据。一切都会被记录下来——当地的无线电信标信号接收，葡萄牙地面发射仪的干扰，与亚速尔群岛控制塔的对话。调查结束后，他们必须明白 F-BAZN 型星座号客机产生如此偏移的原因——比预定点差不多偏了九十公里。飞机残骸的分析已经把制造商的原因排除在外。还原飞行的目的在于搜索为数不多的言之有理的线索，搜索迫近群岛的条件。因为没有黑匣子，所以操作失误无从证实。对于专家而言，首要任务是分析里斯本和圣玛丽亚岛之间每一处细节。

在距离葡萄牙数百公里的茫茫大海上，发生了一件小事，它引起了调查委员会的注意。飞机无法收到圣安娜机场发出的 BB7 信号。两个信号之间有干扰：他们收不到亚速尔群岛的无线电信标发出的信号，而远在数百公里之外的西班牙塞维利亚的信号，他们却听得一清二楚。在这一阶段的航程中，细节很重要,可能会产生不利因素,远处的地面信号会随着行进而消逝。这些支离破碎的情况会伴随余下的航程。在二十一点五十三分,依然能清晰地接收到塞维利亚发出的信号,直到二十二点二十二分,信号才略微减弱。电波的交汇扰乱了位于北部十多公里开外的飞机的准确定位,和十月二十七日出事的那趟悲剧航班一模一样。当圣米格尔岛亮起的航标指示灯被隐约看到时,距离降落还有一个半小时,随后它从雷达上消失了七分钟,法国航空公司的督察员们恰巧这时从阿尔加维亚峰顶上飞过,这里正是飞机失事的地点……无线电信标可能会失效,结合塞维利亚发射台的干扰因素,这一情况从此成了重点关注的线索。还有一个未解之谜,是飞行员最后说的一句话:"我看到机场啦!"他看到的究竟是什么场地?就在撞击前几秒钟,他是怎样看到航标灯照射下的类似降落跑道的场地的呢?

　　与圣玛丽亚岛不同,十月二十七日晚上圣米格尔岛的气候条件极其恶劣。飞行员们接近群岛时表现出的惊讶之情还历历在目,他们因为没有看到圣玛丽亚岛控制塔几分钟前所描述的朗朗夜空而迷惑不解。飞行员准备降落,他穿过了浓密的云层,可能被山脚下波瓦桑村的灯光折射所蒙蔽,而那里不久前才通上电。附近的灯光如同极光一般。在这样恶劣的天气里,飞行员会因为能见度降低而产生错误的判断,他会把山峰上四散的光晕误以为机场跑道。偶然因素的突发作用,使得飞机的飞行高度恰好掠过山峰——再高几十米,星座号就可以飞过山峰了。俗话说:"上帝不玩骰子。"十月二十七日到二十八日,F-BAZN型客机在那一晚玩的是"五连骰"。

　　一九五〇年七月二十六日,调查委员会把撰写的报告递

给了交通部,报告结论如下:

> 调查委员会认为,BAZN 型客机航行发生偏差与突发故障有关,这一故障是在航程即将结束时,在机组人员未曾察觉的情况下发生的。它包括无线电定向接收的某些因素,无线电非正常传播或带有缺陷的功能。除了这一原因以外,还有因为到达地区气候条件良好而产生的过度自信,这一气候条件使得机长没有核查他本该在气候条件恶劣的情况下核查的无线电航位。黑暗条件下的视觉误判最终导致了事故的发生。不过不能完全排除解释出错的可能性。

F–BAZN 型客机完成了它的使命,它重新担当起法国航空公司巴黎—西贡的航线任务。又是日期上的巧合,总是日期上的巧合。一九七一年,它被卖给了马孔家族企业进行拆解,那一天正好是十月二十七日。

第二十九章　亨尼斯对阵法国航空公司

> 在变故发生之前，我们拥有生活，拥有真正的生活，
> 真实得让我们觉得生活是如此不堪。
> 经历过变故之后，生活却变得面目全非。
>
> ——罗素·班克斯①
> 《甜蜜的来世》

秋日时分，信步走在哈德逊河②的岸边，人行道上落满了枯黄的树叶，脚步划过或红或黄的片片叶子。冬日的太阳光芒耀眼，如一道道锋利的刀光，让人眼睛无法直视，脑袋低垂下来，双手插在厚重的大衣口袋里，腰间系着腰带，人行道上的树木光秃秃的。春天，一只只船桨交替划着，富有韵律感，荡漾出道道波纹。草地上人头攒动，河畔成了欢乐的海洋，美国的酷暑炎热让人难挨不已，孩子们在游人们的注视下，争先恐后地跳入河中。每个周日，西蒙娜·亨尼斯习惯一个人在设有路标的人行道上散步，从利文斯顿庄园走到海滨公园，修

---

① 　罗素·班克斯(1940—　　)，美国小说家、诗人，国际作家议会主席与美国艺术暨文学学会会员。代表作有《大陆漂移》《意外的春天》《苦难》等。

② 　哈德逊河是美国纽约州的大河，全长507公里。

剪整齐的草地静谧祥和,与哈德逊河垂直。这两个小时是从
日程表中挤出来的,是讨价还价得来的,于是她把两个女儿艾
琳和布里奇特留在她们父亲那里,然后径自一人转上一小圈,
正如她喜欢说的那样。行程尽头,便是火车站。在那里,忙忙
碌碌的白领们每天都上演着相同的仪式——行色匆匆,胳膊
下夹着报纸,住在郊区,有老婆有孩子,纽约方向,有办公室有
秘书——留下荒凉的都市。在那里,她总坐在河畔码头前的
一张长椅上。她在记事本上潦草地写着,总是用法语写,写的
不是待办事项,而是在前进中陷入迷茫的几个想法,几句季节
性的和歌俳句。她绝对不会再去品读她的日记,她得直面充
满普遍真相的当下。十二年前,他们来到美国定居,把年迈的
欧洲抛在了身后。亨尼斯和布罗什,这两个优秀的家族亲自
缔结了卓越的联盟。帕特里克已经在曼哈顿开办了自己的建
筑师事务所。战争开始前他住在华盛顿广场,长女布里奇特
出生之后,他们就搬家了,搬到威斯特彻斯特郡①的杜波斯费
里镇②,那里就是一个郊区,一个普通得不能再普通的郊区,
从那儿去商业中心得坐一个小时的火车。城市,是美国革命
的摇篮,是乔治·华盛顿的坚固阵营,如今却被银行家和广告
商们所占据。战争结束后,帕特里克投身收益丰厚的房地产
交易,他买下大量充满贵族情调的新哥特式旧宅,然后把它们
改造成豪华公寓。他的最后一搏,便是买下了位于笔架山道
一百五十五号的一套十九世纪末的豪宅。这套宅子让人仿佛

---

① 威斯特彻斯特郡,是美国纽约州东南部的一个县,属于纽约大都会
区。

② 杜波斯费里镇是威斯特彻斯特郡的一个镇,位于纽约州郊区。美国著
名的社交服务网站脸谱公司(Facebook)的创始人马克·扎赫伯格出生
于此。

觉得就是从奥森·威尔斯①的《安培逊大族》中径直搬来的，甚至不难想象宅子里面纵横交错、延向黑暗的楼梯，而乔治·米那弗②的脸庞似乎正从昏暗之中浮现出来。帕特里克保留了宅子的外饰面，把内部隔成几间，然后将其命名为"城堡公寓"。

　　夫妻二人关系不佳，西蒙娜和两个孩子对法国很是想念，她希望他们有一天能够回去，多多旅行。一九四六年八月，西蒙娜和艾琳、布里奇特待了一个月，在一九四七年圣诞节期间又待了三周。郊区母亲的沉闷生活，她适应不了。整天神经质，丈夫外面有人，自己却笃信宗教，用看似完美的成功外表紧紧裹住自己。肤浅的友谊，空洞的谈话，虚假的客套，袭上心头、挥之不去的无聊感，糟糕的习惯，还有束之高阁的生活乐趣。一九四九年一月，这对夫妻分居了。十月，她回到巴黎处理父亲的遗产问题，两个女儿则留在杜波斯费里镇，女佣艾琳·谢里丹负责照看她们。西蒙娜准备让她们返回法国，于是在六区租下了一套公寓，然后乘坐法国航空公司十月二十七日的航班去接两个女儿。

　　十月二十八日，帕特里克·亨尼斯得知了西蒙娜的死讯。毫无疑问，没有一位生还者。他陪在两个女儿身边，不知道该如何安慰她们，他从来都不知道。他只是紧紧地搂着她俩，尽可能地抚慰她们。她们一个十岁，一个八岁。由于惊吓和疲劳的缘故，她们睡着了。十月二十九日，他决定乘坐头班飞机

---

①　奥森·威尔斯(1915—1985)，原名乔治·奥森·威尔斯，美国电影导演、编剧和演员。
②　乔治·米那弗是电影《安培逊大族》中刻画的主人公，从小娇生惯养，肆意妄为，伴随着家族的没落而晚景凄凉。

去巴黎,在那里亲自等待前妻的遗体,去太平间辨认她,去履行手续。两个女儿被托付给了保姆,他们将在一周后团聚。十二月,他打起了一场官司,历时近五年。他抨击法国航空公司,索赔两千五百万法郎(七万一千美元),而不是国际协议中规定的两百二十万法郎(六千三百美元)。虽然离了婚,但他说要为女儿而战。他的律师马塞尔·埃罗指控飞行员,指责其没有对导航设备进行彻底的检查。两次判决结果均支持法国航空公司。一九五四年二月三日,帕特里克·亨尼斯放弃起诉。此案成为教学案例,名为"亨尼斯对阵法国航空公司"。

第三十章 PN 和 AM

嘈杂的呻吟声,絮叨声,埋怨声,

如果我们疑神疑鬼或心不在焉,

我们便很容易把它们听成是大海的声音或秃鹫的鸣叫。

许多都是遇难者的灵魂。

——安东尼奥·塔布其①

《波尔图皮姆的女人及其他故事》

一定要回去,回到那座岛上。一定要跟着队伍,绕到山顶上,去寻找飞机残骸,那里可能已经被浓密的蕨类植物覆盖。

十月二十八日上午,亚特兰蒂柯林公司的一艘轮船从波尔图②的维拉港驶向蓬塔德尔加达港。六十四年前,当太阳在群岛上空升起时,几艘巡逻船正在海面上仔细察看,搜寻飞机的残骸,天空中有几架飞机在翱翔,也正在执行搜寻任务。

站在浮桥上,感觉像是参加了堪比朝圣的旅行,可能颇为滑稽,内心老是执拗地想着同步性,想着要让行程与出行的日

---

① 安东尼奥·塔布其(1943—2012),意大利作家、学者。
② 波尔图,位于葡萄牙北部,是葡萄牙第一大港和第二大城市。

期相一致。十二点整,快到蓬塔德尔加达了,我赶上了飞机搭
载的第一拨冒险队。没有人在那儿等我。除此之外,有一辆
公交车正沿着圣米格尔岛的海岸行驶,然后折向山顶的方向,
朝波瓦桑村驶去。在那里,我租了一套含早餐的单人间,房间
朝向大海。翌日,晌午时分,我会到达阿尔加维亚,与莱维
斯–米尔普瓦的考察队汇合,朝雷东多山进发。天空中飘着
小雨,是蒙蒙细雨,显得雾气朦胧。步行数小时穿过森林,走
过插着图形路标的小道,山峰已经隐约可见。沿着陡峭的山
路爬上了山顶,终于看到了下方的雷东多山荫,好似乳晕一
般。在那里,就在沧桑的岁月和茂盛的野草下,埋葬着、安息
着星座号的最后一片残骸。唯一的标记就是村民们竖立的石
碑,以纪念 F-BAZN 型客机上四十八名遇难者,当地人称之
为"神社",有"小小灵魂"之意。石碑上方竖着一座花岗岩十
字架,底座上镶嵌着白色瓷砖,上面的蓝色文本指明了事故的
地点:

> 一九四九年十月二十七日
> 法国航空公司的一架客机坠落此地
> 机组人员和乘客全部丧生
> 主啊,让他们永远安息吧……

文本顶端列有两组起首字母,PN 和 AM,分别是"我们的
圣父"和"圣母颂"之意。我在茂密的草丛中找了一番,找到
了几块生锈的机身碎片,一块宗教仪式上用过的裹尸布,还有
一些朝圣的小物件。就在地下几米深处,在这片苔藓地衣的
下方,飞机最后的残片也会被漫长的岁月吞噬殆尽。飞机的
机身框架,在坠机事故后几周内便被拆解回炉,在圣米格尔岛
的某处地方涅槃重生。

群岛上缀满了"灵魂"或"小灵魂",都是嵌有蓝白色瓷砖的方形石碑,上面饰有十字架。根据岛上的传说,每年十一月的第二天,孤魂野鬼会回到石碑周围,希望天使长米迦勒用他的绳子捉住他们,把他们从炼狱里解放出来。这些十字架,在圣米格尔山上不计其数,它们正在注视着这些遇难者的救赎。在雷东多山顶上,有一个灵魂守望着四十八名空难者。

岛上的最后一天,我去群山的另一端看鲸鱼,山上传来羊儿的咩咩声,是岛上的农民饲养的。在拉杰斯多皮库,亚哈船长①们拖着细网,载有移民们的船只停靠在地处大洋中心的码头边,农夫们靠着以物易物的方式交换着农用叉,这些场景已经一去不返,如今海面上有的是按照固定时刻表,在水面上犁出道道水纹的游船,旅行社经营着这些游船,他们推出观赏鲸鱼的项目,打出"要么满意要么退钱"的承诺口号。在远离海岸的宽阔洋面上,鲸鱼纷纷从水中腾跃而起,蓝色的皮肤充满光泽,上面布满一道道浅色条纹,它们正在用超声波探测水深。我想和你们谈谈安东尼奥·塔布其,谈谈《波尔图皮姆的女人及其他故事》,这是一本亚速尔群岛的故事集。在序言里,意大利作家提示读者,这些叙述海难和捕鱼者的故事象征着无限和绝对。站在浮桥上,内心被孤独和失落揪得紧紧的,我思考着坠机事故,那架飞机,那些乘客,像是从偶然和巧合中搬移来的图像。每个故事都是一个借口。最近两年,我十分相信征兆,相信好运,相信得有点失去理智。我深陷其中无法自拔,只有记叙这些在星座号机舱里遭遇命运安排的生命的故事,才能解开我心中的疑惑。我必须去趟亚速尔群岛,

---

① 亚哈船长是赫尔曼·梅尔维尔的著名小说《白鲸》中的主人公。

听一听这些曾经活过爱过的男人女人的内心共鸣。我必须赶到蓬塔德尔加达港,沿着雷东多山的小道走一走,看一看傍晚的天空和清晨的海岸,感知与小说品质存在一定距离的幻想感。当我渐渐抛开繁乱的思绪,我就要靠岸了,是终点站,是熟悉的地方,我会在这里找到答案,然后迈步向前,再次前进。出发寻找鲸鱼,内心总是五味杂陈。要知道在皮库这个地方,没有一座发光的灯塔。

法亚尔岛①的奥尔塔有一家酒吧,世界各地的水手们都会在那里碰面,留下简单醒目的信息,在吧台周围的木制布告栏上,贴满了便签、电报和纸条。这个地方,是大西洋水手们驻足停留的场所,是临时邮局,被称为"彼得酒吧"。据说,《卡萨布兰卡》可能是在这里拍摄的,路易斯·阿姆斯特朗可能在这里唱了一首《时光流逝》,就在酒吧的最里面。我相信这是真的。张贴在布告栏上的这些话语正在等待着收信人,着急是不合时宜的,它们要么找到收信人,要么永远石沉大海。我想起了一件家庭轶事。我的伯伯被应召入伍,赴阿尔及利亚服役,我的父亲则在巴黎上大学,俩人在战争时代一直通信。他们信里的唯一内容,就是绘制一盘棋的棋子走位,这盘棋他们整整下了两年。我不知道是谁赢了,实际上我也不在乎这个。彼得酒吧主宰着奥尔塔的黑夜,宛若灯塔一般。在这里,大家在推杯换盏间喝得酩酊大醉,恍惚间竟然以为天际已经发白。在这里,每个人都喝下自己的哀愁,倾听邻座的忧伤。在这里,每个人都在修补着经历岁月侵蚀饱受创伤的友情。在这间庇护所里,每个人都在遇难的灵魂中寻觅着、捕

---

① 法亚尔岛,位于大西洋海域,是葡萄牙的一座火山岛,属于亚速群岛的一部分。

获着自己痛苦的回忆,以非同寻常的情怀咽下了对自己悔意的报应。我在那里喝了石榴酒,一处遗落在阿尔安夫拉的花园,一张用阿尔拜辛树木制成的帏盖大床,还有摩尔喷泉的水声,好像是唱给两个受伤孩子的摇篮曲。喝下最后一杯,停在冬季马戏团边上的公交车,位于圣叙尔比斯广场的市政厅咖啡厅,梅尼蒙当高地上的"豹族酒吧"。我留下了一段话,用图钉揿在布告栏上,揿在两只漂流瓶中间。这段话是我随手在笔记本上写的,字迹潦草,然后我把它撕了下来:"有一天,我们会推倒囚禁我们的围墙;我们会和呼应自己的人谈话;生者之间不再有隔阂;死者于我们也不再有秘密可言。终有一天,我们会坐上一去不回的列车。"

第三十一章　瓜达尼尼小提琴的旋首①

> 语法学家对于作家的意义，正如乐器工匠对于音乐家的意义。
>
> ——伏尔泰
>
> 《思想，评注和观察》

一九四二年，艾蒂安·瓦特罗十七岁，他进入一家家庭作坊当学徒。年轻的乐器工匠抛下了足球守门员的美好前程，对此他并不后悔。波塔利斯街十一号位于圣奥古斯丁教堂后面，笼罩着静谧而谦和的气氛，充斥着窃窃私语般的隐秘感，只有木头的吱呀声才带来几许动听的旋律。桌子上铺着绿毡垫，放着一把坏掉的小提琴，它的周围摆着木螺钉、螺纹夹子和油漆刷。这是一份没有遗言的遗产。第六感，是手指的触感，是灵魂的触觉，是艺术家的内心和乐器内涵的融合与交集，这是在任何学校都学不到的。在用作研究的小提琴上进行练习，有条不紊地重复同样的动作：拆掉琴弦、弦轴、琴马、音柱、尾柱、系弦板、弦枕和指板，孜孜不倦地反复拆卸他的这

---

① 小提琴的旋首就是俗称的小提琴琴头，因琴头雕刻成旋涡形状，故称"旋首"。

把武器。用刀撬起琴板,抽出低音梁和垫块,用车刀刮去粘胶。把这些东西像清点货物一样在绿毡垫上整齐摆好,音柱、尾柱、琴马、角木、弦轴、侧板和衬条、螺丝扣、垫肩、琴弦、饰缘、背板、琴颈垫片、垫块、琴颈、腮托、皮垫片、拉伸器、面板、垫木、肩纽、系弦板、指板、弦枕和旋首。一位准备操作乐器的语法家,好比作家一样,需要形成风格,摆脱句法的束缚。魔法师的学徒在探索奥秘,他手里拿着车刀,渴望让小提琴焕发生命,如同《幻想曲》中翩翩起舞的扫帚①。

按照通常的观点,乐器工匠是音乐家的医生。这样的类比,没有哪位小提琴家会否认。工匠和演奏家之间建立的关系,往往超越了单纯的小提琴的范围。某种程度而言,这是心理治疗师,是灵魂的医师,这样的比照甚至延伸至乐器制作阶段。"音柱",是根安装在共鸣箱里的云杉柱。这根灵魂之柱②,距离琴马高音脚和系弦板仅数毫米,这根灵魂之柱也存在于我们每个人身上,一如我们所希望认为的那样。它对于回声的产生具有难以言喻的重要性。它传递琴弦在小提琴底部发生的振动声。它也让面板可以承受琴弦通过琴马产生的压力。灵魂(音柱)是一个经受压力和生命重担的共鸣箱,我比较赞同这个定义。灵魂的医师没有听诊器,却持有一件如

---

① 《幻想曲》是迪士尼公司 1940 年出品的第三部长片动画,由古典音乐与动画搭配而成,曾经获得奥斯卡最佳杰出贡献特别奖。这部影片主要由七部古典音乐组成,演奏的乐团是费城交响乐团,指挥是列奥波尔德·斯托科夫斯基。《魔法师的学徒》是这部影片中最早被拍摄的一段,讲述了米老鼠在魔法师严西手下当学徒,利用魔法指挥扫帚挑水并惹下大祸的有趣故事。

② 音柱是一根直径约 6—6.5 毫米,长约 53 毫米,垂直立于小提琴面板与背板之间的小木棍,用云杉制作。法语原文"l'âme"兼有"灵魂"和"音柱"的意思。

此诗意的工具:音柱钎子①。此外,小提琴的制作艺术在于安装这根小圆木棍。于是,工匠成了知心人。音柱的调校必须与演奏者自身的个性和音色相吻合。有了这根钎子,乐器工匠便将它刺入音柱,把音柱从右音孔及下珠孔处送入琴体,然后小心翼翼地把它放置在理想的位置上。偏差几毫米都会破坏小提琴及其演奏者的音色。接触小提琴的灵魂(音柱)需要对乐器和乐器主人的完全领悟。于是,音柱医生变成了灵魂医生。艾蒂安明白这一点的时候,他正在奥地利陪同他父亲,他们见到了森林殿堂的伐木工,这些伐木工如同绿色海洋里的海员。替梅纽因②设计一把小提琴,寻觅与演奏者气质相符的树木,并将其制成面板。这是他第一次出门远行,此后他又多次旅行。这次旅行给他留下的印象就是感觉仿佛加入了某个魔法师社团,聚集在松树林下,向月亮祷告,召唤元气,让阳光倾泻而下,让林中的水汽升腾如云。

艾蒂安·瓦特罗是在一九四九年六月遇到吉内特·内弗的,他们之间一下子就产生了信任和友谊。他被委托完成斯特拉迪瓦里小提琴的一些小零碎活。他必须为小提琴略微开开音,解决小提琴的潮湿问题,使得它能够经受这位天才小提琴家激烈演奏的强度考验。有人甚至绘声绘色地描述,一场演奏会结束后,她由于兴奋过度,下巴竟然流了血。艾蒂安仔细检查了乐器,建议他父亲做些深度修补,换掉低音梁,因为他觉得这根低音梁太旧太短了。魔法师的学徒希望一飞冲天,而大师马塞尔·瓦特罗则让他继续学业:"你啊,你这位

---

① 音柱钎子,也称为音柱钩子,是安装小提琴音柱时使用的金属工具,一头呈尖钩,另一头呈齿轮状。

② 梅纽因(1916—1999),全名耶胡迪·梅纽因,美国犹太裔小提琴家。

乐器小工匠,你想碰这样一把小提琴?记住,绝对不能破坏适合演奏者的音色!"艾蒂安会记住这句忠告,只有锲而不舍地跟着艺术家学习,才能保证对乐器的深刻理解。第一次操练,他就要陪吉内特去美国进行巡回演出。陪在她身旁,他便会听到所有这些精妙之处。作为一名具有责任感的学徒,他准备带着工具救援箱一路护送她。他得看着她的欧莫波诺·斯特拉地伐利小提琴。票已经买好,艾蒂安将要坐上法国航空公司十月二十七日的航班。二十二日,吉内特来到作坊取回她的小提琴,不过她却叫艾蒂安晚点出发,这样她就有时间在圣路易斯排练节目单上的曲目。面对突如其来的变化,年轻的乐器工匠只好给他哥哥打电话。他哥哥在法国航运公司上班,终于在最后关头给他送来"法兰西岛"远洋客轮的一张船票。他准备十月三十日动身。当他得知 F-BAZN 型客机失事的噩耗,已经是十月二十八日的上午,在深深地感到悲痛之余,他不禁想到这趟延误的行程,想到宿命的神秘力量。

　　三十三年之后,一九八二年六月三十日星期三,晚上八点三十分,雅克·尚塞尔①的《大棋局》栏目制作了一期艾蒂安·瓦特罗的专访,这期节目名为"小提琴的灵魂",在比特-肖蒙第十五号摄影棚拍摄并在法国电视二台直播。围坐在乐器工匠周围的都是他的朋友和他的顾客,其中就有艾萨克·斯特恩②和姆斯蒂斯拉夫·罗斯特罗波维奇③。在节目录制

① 雅克·尚塞尔(1928—2014),法国记者、作家、电视节目主持人。
② 艾萨克·斯特恩(1920—2001),著名美国小提琴家。
③ 姆斯蒂斯拉夫·罗斯特罗波维奇(1927—2007),俄罗斯著名指挥家、大提琴演奏家。

当晚的前几天,主持人收到了钢琴家贝尔纳·瑞格森①的一封信:"我送给您一件非常宝贵的礼物,您可以在电视直播的时候展示出来。"雅克·尚塞尔在跟他通过电话后,便邀请他参加节目的录制。在节目的第二部分里,主持人请艾蒂安·瓦特罗回忆一下吉内特·内弗。

雅克·尚塞尔:这让您很受触动吧,因为正常情况下您本该要坐上这架飞机的。

艾蒂安·瓦特罗:是的,显然是的。当我想念她时,内心真的百感交集。我想念她,因为她是一位非常伟大的小提琴家,而且是一位气质出众的女性,很深邃,很宽广,很开放。事情很奇怪,因为当吉内特·内弗发生坠机事故后,当这架飞机在亚速尔群岛发生坠机事故后,有人来到乐器作坊,给我们带来了用来装她两把小提琴的琴匣,里面除了两把琴弓便什么也没有了,连一点木屑都没有。一把琴弓已经损坏,另一把上面有个标记,我们一下子就认了出来。来访者问我们:"您认识这把琴弓吗?""是的,是的,当然认识了。这把琴弓采用金配件和玳瑁装饰,刻有伦敦的'Hill & Sons'标记,这是一家英国的乐器工坊。"我向他说道,"那您是在哪儿找到这把琴弓的呢?""当我们搜寻飞机残骸时,在下山的路上,我们听到一家农户里有位先生在蹩脚地拉着小提琴。我们走了进去,在他的手上发现了这件东西,饰有金配件和玳瑁,于是我们问他:'这件东西是您的吗?'他回答道:'不是,不是,是我找到的。'"就在那时,我们提出了我们的疑问:"那他手上的小提琴呢?"法国航空公司调查委员会的这位人士向我们回答道:

---

① 贝尔纳·瑞格森(1934—),法国钢琴演奏家。

"哦,您知道的,它看上去太旧了!"因此我们永远无法确切知
道吉内特·内弗的小提琴究竟是否依旧存于世上。

雅克·尚塞尔:艾蒂安·瓦特罗,我没有和您说过,我没
有公布他的名字,但是我们来看看刚才说的话是对的还是错
的。他是钢琴家,但他今晚不是以钢琴家的身份来这里
的——我们马上就会在《大棋局》上看到他——我刚才没有
和您说他来到了这里,这位钢琴家家里有一件东西,这样东西
会让人想起吉内特·内弗的小提琴。这个人就是贝尔纳·瑞
格森。您知道的,您知道这位叫贝尔纳·瑞格森的钢琴家
有……他来了,我要让他介绍一下他的东西。很抱歉在直播
时让您做这些,不过情况就是这样。(转向贝尔纳·瑞格森)
您过来坐吧。

艾蒂安·瓦特罗:听着,我几年前听说您有某样属于吉内
特·内弗的东西,这件东西据说被找到了。

贝尔纳·瑞格森:是的,法国领事满怀悲痛地履行所有程
序——就是空难发生时驻里斯本的法国领事,他到过亚速尔
群岛——他第二天在一位渔民的手里发现了一个小提琴旋
首。我正在巴西做巡回演出,当他把这旋首给我看的时
候——我本人对吉内特·内弗相当熟悉——我显然非常激
动。他跟我说:"听着,我就把它送给您了。"(他在上衣左口
袋找着东西。)就是这个。(他把旋首递给艾蒂安·瓦特罗,
乐器工匠仔细察看了一会儿,他的嗓音哽住了,发出一记沉重
的叹息。艾萨克·斯特恩把手搭在他的肩膀上。)

艾蒂安·瓦特罗:这是吉内特·内弗那把瓜达尼尼小提
琴的旋首!她有两把小提琴,她的琴盒里放着两把小提琴,这
是吉内特·内弗那把瓜达尼尼小提琴的旋首。(当他说话的
时候,摄像机对着乐器工匠抚摸着琴头的颤抖的右手,拍摄了

特写镜头。)我立刻就认出来了,对我来说,一切都如同发生在昨天一般。(漫长的沉默。)简直难以想象,对不起。(他擦了擦眼泪。)我甚至都不需要眼镜就能看清楚,一般情况下我都要戴眼镜,但这一次,太让人震惊了。是小提琴,是我父亲在她去美国前卖给她的最后一把小提琴。这绝对是真的!整件事的来龙去脉就是这样。

雅克·尚塞尔:你们从来就没有碰过面?怎么会这样?

艾蒂安·瓦特罗:我不知道,曾经有过凑巧的情况,有段时间我知道了这个,我也给一位朋友打过电话询问您的地址,之后我也不知道了,您在……

贝尔纳·瑞格森:这是一件遗物,这曾经是一件遗物,您知道我没有……我真的太激动了。现在我们又找到它了,我觉得我要把它交给音乐学院。

旋首在大家手里传递着。

艾蒂安·瓦特罗:那么这就不是斯特拉迪瓦里小提琴了,而是瓜达尼尼小提琴。

贝尔纳·瑞格森:那么斯特拉迪瓦里小提琴怎么样了?

艾蒂安·瓦特罗:我还是不知道。

雅克·尚塞尔:贝尔纳·瑞格森,谢谢。我们过会儿再见。

艾蒂安·瓦特罗把它还给了贝尔纳·瑞格森,握住了他的手。

艾蒂安·瓦特罗:您要小心保管它。

雅克·尚塞尔:对于这样的做法我感到很抱歉。这不是为了制造激情一刻,只是为了制造你们相遇的机会。

贝尔纳·瑞格森:这是真情迸发的一刻,我觉得它在台上真的是这样。

艾蒂安·瓦特罗:绝对是的。最好想想其他事情,尽管我们存有回忆,对此存有美好的回忆。

艾萨克·斯特恩:我得说的是,这里发生的事让我感动不已,感触良多。

雅克·尚塞尔:我看到您流泪了,艾萨克·斯特恩。

艾萨克·斯特恩:我去听了她遇难前举行的最后一场音乐会。就在那天,她登上了飞机;就在那里,她遇上了死神。我去听了音乐会,在夏特雷歌剧院①。在她哥哥的陪伴下,她把奏鸣曲演绎得完美无缺,在音乐宽广的内涵中显得那么坚实,体现出真正辉煌的心灵。看到今天晚上发生的一切,我感到无比激动。我必须跟您说,如果您愿意的话,我们演奏海顿多少有点纪念吉内特的意思,因为她是音乐人。这样的人实在太缺,实在太少。

有天晚上,已经很晚了,我碰巧看到这段视频,被其中的场景惊得目瞪口呆。艾蒂安·瓦特罗的抽泣声,艾萨克·斯特恩的眼神,贝尔纳·瑞格森的讲究与笨拙,还有节目主持人雅克·尚塞尔,他的惊讶之情几乎让自己很难堪。我必须重新看一遍视频,竖起耳朵倾听细节,仔细观察乐器工匠的手掌,观察巴洛克螺旋花纹木块。它的再次出现简直不可思议,三十三年之后,它呈现在电视屏幕上,让那一刻颇具超现实主义短剧的风格。一幅图像突然出现,是一个女性形象的旋首,崭新的外表源自曼·雷②的"英格拉斯的小提琴"。在曼·雷

---

① 夏特雷歌剧院,位于法国巴黎第一区。
② 曼·雷(1890—1976),原名伊曼纽尔·拉德尼茨基,美国现代主义艺术家,为达达主义运动和超现实主义运动做出了巨大的贡献。

的这件作品中,传奇女神琦琦·德·蒙帕纳斯①身体稍稍侧着,通过蒙太奇效果把小提琴的音孔叠加在她背上,于是她便成了一件女性乐器。她扎好的头巾就是旋首,也被称为"琴头",它极具美感的盘绕让小提琴散发出隐秘的光彩。这幅相片的主人就是安德烈·布勒东②,他可能从中看到了他正在搜集的"客观的偶然",如同别人用玻璃罩制作的蝴蝶标本。"客观的偶然",这句漂亮的术语,在他的定义里,这是同时发生的不同个人经验的交互作用。在《连通器》中,他深化了"必然的偶然性"这一概念:"因果关系只有与客观的偶然这一范畴相关联时才能被理解,客观的偶然是必然性的表达形式。"《娜嘉》是幻觉实践的著作,里面夹杂着曼·雷拍摄的照片。其中最后一张照片当时给我留下了深刻的印象,这张照片展示了从巴特拉斯到教皇宫殿的景象,左边是一块"黎明"的指示牌,它是岛上"黎明饭店"的招牌。这张照片在该书的第一版中并未刊出,而且它也不是曼·雷的作品。真正的作者是名叫瓦伦丁·雨果的女性朋友,是让·雨果的妻子,而让·雨果的曾祖父是《明天,黎明……》的作者。几年前,她送给他一幅她祖父非常著名的小型水彩画,是一望无际的天际线,名为"黎明"。安德烈·布勒东和雅克琳娜·兰巴随后便给他们的女儿取了这个饱含希望的名字。《娜嘉》最后的这张照片,是在罗讷河边拍摄的。这张照片之后还有几页,然后全书就结束了。安德烈·布勒东把报纸上的一篇文章摘

---

① 琦琦·德·蒙帕纳斯(1901—1953),原名爱丽丝·埃内斯坦·普兰,法国人,从事过模特、歌手、画家等多种职业,1921—1939 年间是巴黎蒙帕纳斯区的耀眼明星,被誉为"蒙帕纳斯女王"。

② 安德烈·布勒东(1896—1966),法国作家及诗人,超现实主义的创始人,代表作有《超现实主义宣言》《娜嘉》等。

录于此,作为全书的结尾:

> 某地,十二月二十六日。沙岛上负责无线电报站的接线员捕捉到了一个电文的零星片段,这一电文是某人在星期天晚上的某个时间发出的。电文主要内容是:"出了一些问题"。但它没有标明飞机当时的位置,由于天气非常恶劣,并且有干扰出现,接线员没有能够明白其他任何句子,也没有能够恢复通讯联系。

> 该电文以六百二十五米波长发出;另一方面,根据信号接收的强弱程度,接线员认为可以将飞机的位置定在沙岛方圆八十公里的范围内。

这件迷人的旋首很像充斥在童话中需要寻觅的宝贝。这件木雕件从彼岸冒出,承载着有待解读的信息。这就是《瓜达尼尼小提琴旋首的故事》,小提琴的琴头在大家手里传递着,从亚速尔群岛传到巴西,一直传到比特-肖蒙的电视摄影棚,传到名为《大棋局》的一档节目中,为了让三十三年前最后给小提琴上漆的乐器工匠进行鉴定。清漆,又是顶级的秘密,为了避开那些觊觎的目光,马塞尔·瓦特罗每周日都会秘密调制。他只有到了弥留之际,才会把配方告诉儿子。至于安东尼奥·斯特拉迪瓦里,他则会把自己的配方带进坟墓。

还有一个谜。吉内特·内弗那把著名的斯特拉迪瓦里小提琴究竟发生了什么事?这把中音提琴由欧莫波诺·斯特拉迪瓦里于一七三〇年制作,他是克雷莫纳大师的儿子。亚速尔渔民手中的这把古旧的小提琴,调查员们却只盯着它的琴弓,他们被上面装饰的金配件和玳瑁蒙蔽了双眼,认为小提琴本身并不值得拿回来,因为它看上去很"旧"。那它究竟是不是吉内特·内弗那把著名的斯特拉迪瓦里小提琴呢？法国航空公司的督察员莱维斯－米尔普瓦曾一脸天真地向瓦特罗家族证实了这一点："喔，你们知道的，箱子看起来很旧！"随着时间流逝，这把著名的小提琴变得越发神秘。鉴于这件乐器价格高昂，不可能不去确认它的下落。于是保险公司采取了行动。三天后，两名专家在翻译的陪同下到达圣米格尔岛的阿尔加维亚村，寻找失踪的小提琴。调查员们遵照莱维斯－米尔普瓦的指示，对渔民进行询问。渔民声称不记得了，称自己从来没有拿过这样一把小提琴。调查专家们把整个村庄搜了个底朝天，把雷东多山坡又检查了一遍，依然一无所获，只能悻悻地回去。谜团渐渐变成了传说。据亚速尔群岛的老人们讲，五十年代的时候有个疯子，他总是开心地拨弄小提琴的琴弦。对于这个村里的秘密，他们又纷纷添油加醋，说这个人可能失踪了，可能把小提琴卖掉了，这把小提琴可能到了美国，被一位富商以高价购得。其实真正的实情无人知晓。

二〇一三年十一月六日，巴黎德鲁奥酒店，阿尔泰米西娅拍卖公司拍卖在山上找到的马塞尔·塞尔当的箱子。拍卖在收藏家中激起一阵小小的骚动。箱子是长方形的，浅色皮革，已经磨破了，但还未损坏，箱子表面有一个花环图案，下面印有两个起首字母"E.C."。拍卖目录上写道，它们象征着塞尔当和皮亚芙的爱情。这只箱子可能是他们两人某一天闲逛时，在纽约的一家旧货店淘到的。当歌唱家和拳击手在上面看到自己的名字时，很是震惊。他们一直希望这两个名字能够连在一起，永不分离。箱子背面贴着一张卡纳德白星航运公司的标签，颜色已经变得陈旧黯淡，它见证了一九四六年跨大西洋的行程。在艾迪特·皮亚芙逝世五十周年之际，媒体充分挖掘了这则美丽的故事，大家都在谈论这只"爱情箱

子"。箱子的估价为五千到一万欧元,它的拍卖价格应该会
很快蹿升。然而,《队报》的一位记者指出日期不符的问题。
两位爱人相见于一九四六年,他们之间的温度到一九四八年
一月才上升,所以跨越大西洋的行程不可能发生。这只箱子
是件赝品。在拍卖那天上午,调查报告揭露了这桩作假丑闻,
这只箱子也就没有了买主。

后　记

老情人的婚姻

在飞往里斯本的飞机上，布莱斯·桑德拉尔的几行诗引起了我的注意，出自《费尔南多-迪诺罗尼亚》：

远远望去，好似一座被吞噬的教堂

走近端详

却是一座色彩浓郁的岛屿

浓郁得连青草都被染成一片金黄

我发现这准确地描述了亚速尔群岛，历经千万年才形成的火山岩和石笋，它们怪诞的姿态呈现出礁石的形状。这片绿色，无处不在，冒出阵阵红光，火山熔岩形成了肥沃的大地和无限的风光，还有夕阳西下时的广袤森林，好似刻上了"关税员卢梭"①所描绘的图案。不过，亚速尔群岛与巴西的费尔

---

① 即亨利·卢梭（1844—1910），法国后印象派画家，以纯真、原始的风格著称。因为他曾经当过海关的收税员，所以被人称为"关税员卢梭"。

南多–迪诺罗尼亚群岛①截然不同,在后者那里,热带雨林的翠绿色敌不过环礁湖的宝蓝色。二十一座岛屿,分布在累西腓②五百多平方公里的范围内。正巧看到巴黎–里约热内卢航班的坠机事故报告,便产生了一段让人震惊的联系。二〇〇九年五月三十一日晚上,一架 AF447 型客机从里约热内卢的安东尼奥·卡洛斯·若宾机场起飞。六月一日凌晨两点十四分,飞机从雷达上消失了。巴西当局立刻展开搜寻工作,五天后才捞到首批尸体。飞机长眠在三千九百米深的洋底,一直没有找到。首批打捞出来的遗体经由费尔南多–迪诺罗尼亚机场运回国内。坠机地点的不确定,再加上洋底深度的因素,使得搜寻工作进展缓慢。直到二〇一一年四月,AF447 型客机才被找到。五月十六日,宝贵的黑匣子被捞了上来。所有尸体被运往岛上,然后进行 DNA 鉴定和牙齿鉴定。总共十二名机组人员和两百一十六名乘客,西尔维奥·巴巴托就位列其中,他是里约热内卢交响乐团的指挥。六月十六日,在大西洋作业的"桑岛"号打捞船停靠在巴约纳③。它打捞起一百零四具法国遇难者遗体,这些遗体随后被转运至巴黎法医研究所。

　　一九一五年九月二十八日,在香槟④地区的进攻中,下士布莱斯·桑德拉尔失去了他的右臂。在一个心情激昂、奋笔

① 费尔南多·迪诺罗尼亚群岛,巴西伯南布哥州辖下的一个群岛,2001 年被列入世界自然遗产。
② 累西腓,位于大西洋沿岸,是巴西第五大城市。
③ 巴约纳,位于法国西南部,是比利牛斯–大西洋省的一个市镇。
④ 香槟是从前法国的行省之一,现属香槟–阿登大区,包括马恩省、埃纳省和奥布省的一部分区域。

疾书的夜晚,即一九一六年九月一日的晚上,他才思泉涌,成就了一部《圣母天使拍摄的世界末日》。在猎户星座的照耀下,灵魂出窍升上天空,向他吹去了阵阵诗意盎然的现代性诗句,左撇子诗人就此诞生。俄里翁①,这位被俄罗皮翁②抛弃的巨人,双目失明,靠肩上驮着的小塞达留③的指点向前走,一直往东,在神谕的指引下,寻找能够治愈他失明的阳光。他被阿尔忒弥斯④的蝎子的一击夺去了生命,随后升上了天空。天蝎座和猎户座靠在一起,成了邻居。布莱斯靠着那只"上帝之手",把个人传奇演绎为希腊神话。这则传奇被连根拔起,扔进了荣耀之路的泥泞之中,它像一只手的五根手指一样,融入了如烟似雾的猎户座。一只凝聚写作天赋的手,它的魅力与神圣,都汇集在参宿四⑤,这颗星宿主星一直闪耀着璀璨的光芒。

> 整个战争时期,我总是透过雉堞抬头仰望猎户座
> 过来轰炸巴黎的齐伯林飞艇,它们总是来自猎户座
> 今天,它就在我的头顶上
> 巨大的桅杆刺穿了注定要经受苦痛的手掌
> 我的断手让我痛苦不堪,刺痛的感觉如同被蜇针
> 所伤

---

① 俄里翁是古希腊神话中的一位年轻英俊的巨人,是海神波塞东之子。他臂力过人,喜欢整天穿梭在丛林里打猎,一条忠诚的猎犬紧紧跟随着他。俄里翁有着各种不同版本的神话故事。死后的他化作了猎户座。
② 俄罗皮翁是希腊神话中克奥斯的国王,他的女儿墨洛珀被俄里翁所爱并被其奸污,因此俄里翁被弄瞎眼睛作为惩罚。
③ 塞达留是希腊神话中铁匠之神赫菲斯托斯的徒弟。
④ 阿尔忒弥斯是希腊神话中的月亮女神与狩猎的象征。
⑤ 参宿四是拜耳命名法中著名的猎户座 α,是全天第九亮星,也是猎户座第二亮星。

桑德拉尔在普罗旺斯地区艾克斯市做起了隐士,他从一
九四〇年起就避居在那里。孩子们都上了前线,雷蒙娜跟着
路易·茹韦的剧团去了巴西。诗人停止了创作,他在乡村小
店里消磨时间,在米拉波大道①的酒吧里咒骂德国鬼子,在梅
雅纳图书馆②的书架间流连忘返,在克莱蒙梭街的一间大公
寓里看护马曼泰奈尔,她已经有八十四岁了,她的女儿就是他
的情人,始终对他不离不弃。三年的沉寂,创作的精灵曾经被
可耻的覆灭所淹没,而今它又在他身上重新燃起生机,三年之
后,便有了《被打垮的人》。在其他著作里,他描绘了最后的
审判,描绘了一位飞行领域的神圣导师,一位悬浮能手,即圣
约瑟夫·德·库柏蒂诺③。雷蒙娜回来了。不远处,洛兰,也
是一位独臂者,他正在破坏德国火车。更远处,在塞雷斯
特④,是诗人勒内·夏尔⑤,也是著名的游击队队长,号称亚
历山大队长。解放的时刻终于来了。一九四五年十月,一位
名叫罗伯特·杜瓦诺⑥的年轻记者给布莱斯拍照,布莱斯或
站在紫藤下,或坐在花园里,或躲在仙人掌或疯长的野草后
面,身穿衬衣和长裤,头戴贝雷帽,嘴上叼着香烟。这副模样,
已经全然不见莫迪利亚尼⑦画笔下衣衫褴褛却气质华贵的形
象,而已然是一位身经百战的老者,虽然不断流浪,但充满智

① 米拉波大道是普罗旺斯地区艾克斯市一条宽阔的大道。
② 梅雅纳图书馆是普罗旺斯地区艾克斯市的市立图书馆。
③ 圣约瑟夫·德·库柏蒂诺(1603—1663),意大利圣人。在圣徒传记中,
他往往被描绘成具有悬浮的本领。
④ 塞雷斯特是法国上普罗旺斯阿尔卑斯省的一个市镇。
⑤ 勒内·夏尔(1907—1988),法国诗人,二战时参加法国抵抗运动。
⑥ 罗伯特·杜瓦诺(1912—1994),法国摄影家。
⑦ 莫迪利亚尼(1884—1920),全名阿梅代奥·莫迪利亚尼,意大利艺术
家、画家和雕塑家,表现主义画派的代表艺术家之一。

慧,内心平和,面孔布满岁月的沟壑,微微张开的眼睛闪烁着光芒。他坐在书桌前,一边是打字机,另一边是酒杯和朗姆酒。布莱斯老了,年轻人纷纷赶过来。每个人都来艾克斯,宛如朝圣一般。这让他很引以为乐。

罗伯特·杜瓦诺一走,复员的勒内·法莱就来了:"布莱斯先生,您五十六岁,我十八岁,正如平常说的那样,您可以做我的父亲了。我感激您,歌颂您,爱戴您……"勒内这样写道。布莱斯不像父亲,而像兄弟,他拖着自己那只好像挚友一样的独臂,经常来酒吧开怀畅饮,喝得酩酊大醉,甚至把"两个男孩"①的酒杯都打碎了。他畅谈诗歌、变色龙、百合和鸟儿,任由生活随波逐流,身边有人做伴,叙叙和睦的友情,算是收了一个非正式的徒弟。圣维克多山②的隐士用他亲密无间的独臂吸引着年轻人的纷纷加入。

另外有名年轻人,他也是儿子,不是挑上的,而是出于血缘关系。这名年轻人是飞行员雷米·索塞,在摩洛哥地中海上空的飞行途中不幸遇难。这种隐痛,让人缓不过神来,"受到了沉重的打击",布莱斯向一位朋友坦诚地说道。他写完了《断手》,在书的题跋上写道:"献给我的儿子奥迪隆和雷米,他们终会从囚禁和战争中解脱。献给他们的儿子,他们终有一天长到二十岁,天啊!……"然后,他换了一行,在后记中补充了一封饱含痛苦的急电:"天啊!……一九四五年十一月二十六日,我从梅克内斯③发来的一份电报得知,雷米死

① "两个男孩"是法国著名的咖啡馆,位于普罗旺斯地区艾克斯市的米拉波大道,历史上塞尚、左拉、加缪等文化名人经常光顾此地。
② 圣维克多山是法国南部的一座山,位于普罗旺斯-阿尔卑斯-蓝色海岸地区,塞尚、毕加索等著名画家均画过此山。
③ 梅克内斯,摩洛哥北部城市。

了,死于坠机事故。我可怜的雷米,每天清晨在阿特拉斯山脉①上翱翔,他是多么开心;能够从德国鬼子的监狱里活着回来,他是多么开心。现在这一切实在太悲伤了……不过,战斗机飞行员这份危险的职业有个特点,那就是飞行员会在飞行途中牺牲,会英年早逝。和像他倒下的同志一样,我的儿子也长眠于梅克内斯公墓的这块小沙碑下。这片墓园是专门安葬飞行员的,已经竖满了一块块墓碑。每具遗体都用自己的降落伞裹好,裹得好像木乃伊和虫茧一般,可怜的孩子们,仿佛是等待阳光、渴望重生的异教徒们。"至于雷蒙娜,她离开了,又回来了。她为雷米哀伤不已,好像在哀悼她最喜欢的儿子一样。当她在巴黎重回舞台后,便给布莱斯写了封信:"以前,我就相信我再也见不到雷米了。当他在地铁里和我拥吻时,他在我的眼神里分明感知到我在向他永别。他回来紧紧握着我的手……"截肢者的肢体幻觉症,总觉得儿子还与自己骨肉相连,这种幻觉症是残肢的病理学。雷米在一九四五年十一月四日寄出了"最后一张小明信片",他父亲的脑海里又萦绕着他的音容笑貌:"我亲爱的布莱斯,我的工作越来越有意思了,这让我很开心。一切都很棒,我的工作,天气,食品(枣子、橙子和柑橘)。我希望在这里一直待到复活节,然后回法国享受夏日的阳光。我希望你那边也是一切顺利。亲你。雷米。"

　　一架单座飞机在摩洛哥的阿特拉斯山脉失踪。

　　洛克希德星座号飞机在茫茫大西洋上空消失。

---

① 阿特拉斯山脉是地中海与撒哈拉沙漠之间的山脉,位于非洲西北部,长2400公里,横跨摩洛哥、阿尔及利亚、突尼斯三国(并包括直布罗陀半岛),把地中海西南岸与撒哈拉沙漠分开。

　　如果你喜欢,你就回来。有一种生活,可以折断指南针,可以显现众多坐标,然后奔向世界尽头,殊途同归。如果你喜欢,你就回来。有一种生活,可以躲躲藏藏,可以打发无聊的时光,可以避开死亡,回到起点,古旧的小屋,是起源,是宝藏。如果你喜欢,你就回来。诅咒,绝望,它们纷至沓来,五彩缤纷的思想里装着珍稀动物和乌托邦景观,在原始森林深处找到知己,坚忍不拔,给人庇护。如果你喜欢,你就回来。有一种生活,让人气喘吁吁,俄罗斯,东方中国,巴拿马的叔叔,亚马逊,火地岛的鲸鱼,阿姆斯特丹,安特卫普,厄瓜多尔缓缓消逝的地平线,战争和船只,被出发的标记完全笼罩的生活。从到达的地方回来,那地方既是意料之外,也是稀松平常,通道就在边上。《奥德赛》①就讲述了经过茫茫路途终能回家的故事。如果你喜欢,你就回来。一九四九年十月二十七日,一架名叫"星座号"的飞机从奥里机场起飞,与此同时,在伯尔尼高地②的锡格里斯维尔,诗人布莱斯·桑德拉尔正在迎娶他一生的挚爱——雷蒙娜·迪沙托。两位老情人的婚礼是在瑞士的一家德式客栈里举行的。他们首先进行了订婚旅行,戒指见证了渴望回国的拳拳之心。没有国籍的布莱斯终于有了祖国。他本打算一去不回,却在人生暮年之际,在锡格里斯维尔村庄找到了先祖的大地。而他这个一直在逃避的瑞士人,害怕永远到达不了。当雷蒙娜最终同意结婚的时候,他在伯

---

①　《奥德赛》,古希腊最重要的两部史诗之一,相传为盲诗人荷马所作。这部史诗是西方文学的奠基之作,主要讲述了希腊英雄奥德修斯(罗马神话中称为"尤利西斯")在特洛伊陷落后返乡的故事。

②　伯尔尼高地,是瑞士首都伯尔尼附近的一处行政区划。此地拥有优美的自然景观,依山傍水,阿勒河、少女峰、艾格峰、僧侣峰都位于此区。

尔尼高地农民的面容上,寻觅到了他的伊萨卡岛①。透过历史,透过表情,透过鼻子,他辨认出同一祖先留传下的难以捉摸的迹象。在图恩湖②葡萄种植者的族谱上,流露出相同的性格,流露出不甘屈服、勇于反抗的集体意识。小客栈的厅堂里,当婚礼仪式结束后宾朋们正在大快朵颐的时候,布莱斯宣布要撰写《锡格里斯维尔的征服》。但这并未实现。在九世纪的小教堂里,在一块漆木板上,他从供奉的三十位市民中认出了他的祖先。一九四九年十月二十七日,就在星座号客机从奥里机场起飞时,曾经劳燕分飞的爱人终于可以长相厮守,永不分离。断臂诗人终于驶进了理想的港湾。

一九五六年,布莱斯·桑德拉尔发表了他最后一部小说《带我去世界尽头》。标题像个口号,颇具迷惑性,其实它并没有异国情调,也没有让人浮想联翩的旅游信息,里面只有个人的真实,只有世界尽头,就在不远的前方,如同一颗完成公转的行星一样。"入口",兼有终极价值和初始价值,是带有石质标记或木质标记的门基。这个表述抑或源自航空词汇"跑道入口内移",即接近跑道的起始端或结束端。他留下的影响,是在别处,而给梦想那部分画上句号的,则在这里,在巴黎:"世界的尽头,就是拉雪兹神父公墓。"

在何塞·玛丽亚·埃雷迪亚大街公寓③的一楼,布莱

---

① 伊萨卡岛,又称为伊萨基岛,属于希腊伊奥尼亚群岛。伊萨卡岛在荷马时代已经闻名,据说是荷马史诗中的英雄奥德修斯的故乡。
② 图恩湖,位于瑞士伯尔尼州阿尔卑斯山区。
③ 位于法国巴黎第七区,布莱斯·桑德拉尔自 1959 年 8 月在此居住,直到 1961 年 7 月逝世。

斯·桑德拉尔逝世。由于瘫痪在床,他最后几个月饱受漫长的折磨。一九六一年一月二十一日,雷蒙娜合上了她丈夫的双眼,米里安姆握着她父亲的手。她微微笑着,没有流一滴眼泪。

我生于一月二十日。十一岁时,我对自己的出生日期产生了怀疑。我碰巧看到父母寄出的出生证明,上面写的是一月二十一日。我问过他们,他们却都无法给我一个明确的回答。于是户籍证明和户口簿便有了差异。我颇有怨言,非常不解他们为何不对问题来个干脆的了断。所以,我并不清楚自己的出生日期,因此没有了可以信赖的星相标记。二十号是摩羯座,二十一号则是水瓶座。这事儿与星座有关。得到医院那里去核实一下,出生登记册上显示的是二十号。

感谢曼努埃尔·卡尔卡松、贝尔纳·尚巴兹、伯努瓦·艾梅尔曼和卢克·维德迈尔。

感谢菲利普·卡斯特拉诺,感谢他极具价值的文章:《六十周年纪念:马塞尔·塞尔当的星座号客机在亚速尔群岛失事》,《飞机》杂志,第 173、174 期;感谢多米尼克·格里莫和帕特里克·马埃,感谢他们的文章《皮亚芙-塞尔当,爱的赞歌,1946—1949》,罗贝尔·拉丰出版社,2007 年;感谢雅克·尚塞尔杰出的编排。

版权说明

21世纪年度最佳外国小说书目
（2001—2015）

2001 年：

1. 要短句,亲爱的 〔法〕彼埃蕾特·弗勒蒂奥 著

2. 雷曼先生 〔德〕斯文·雷根纳 著

3. 天空的皮肤 〔墨西哥〕埃莱娜·波尼亚托夫斯卡 著

4. 无望的逃离 〔俄罗斯〕尤·波里亚科夫 著

5. 饭店世界 〔英〕阿莉·史密斯 著

6. 凯恩河 〔美〕拉丽塔·塔德米 著

2002 年：

7. 老谋深算 〔美〕安妮·普鲁克斯* 著

8. 间谍 〔英〕迈克尔·弗莱恩 著

9. 尘世的爱神 〔德〕汉斯–乌尔里希·特莱希尔 著

10. 幸福得如同上帝在法国 〔法〕马尔克·杜甘 著

11. 黑炸药先生 〔俄罗斯〕亚·普罗哈诺夫 著

12. 蜂王飞翔 〔阿根廷〕托马斯·埃洛伊 著

---

* 即安妮·普鲁。

2003 年:

13. 伊万的女儿,伊万的母亲 〔俄罗斯〕瓦·拉斯普京 著

14. 完美罪行之友 〔西班牙〕安德烈斯·特拉别略 著

15. 砖巷 〔英〕莫妮卡·阿里 著

16. 夜半撞车 〔法〕帕特里克·莫迪亚诺 著

17. 夜幕 〔德〕克里斯托夫·彼得斯 著

18. 灵魂之湾 〔美〕罗伯特·斯通 著

2004 年:

19. 深谷幽城 〔哥伦比亚〕阿瓦德·法西奥林塞 著

20. 美国佬 〔法〕弗朗兹-奥利维埃·吉斯贝尔 著

21. 台伯河边的爱情 〔德〕延·孔涅夫克 著

22. 巴拉圭消息 〔美〕莉莉·塔克 著

23. 守望灯塔 〔英〕詹妮特·温特森 著

24. 复杂的善意 〔加拿大〕米里亚姆·托尤斯 著

25. 您忠实的舒里克 〔俄罗斯〕柳·乌利茨卡娅 著

2005 年:

26. 亚瑟与乔治 〔英〕朱利安·巴恩斯 著

27. 基列家书 〔美〕玛里琳·鲁宾逊 著

28. 爱神草 〔俄罗斯〕米·希什金 著

29. 爱的怯懦 〔德〕威廉·格纳齐诺 著

30. 妖魔的狂笑 〔法〕皮埃尔·贝茹 著

31. 蓝色时刻 〔秘鲁〕阿隆索·奎托 著

2006 年:

32. 梅尔尼茨 〔瑞士〕查理斯·莱文斯基 著

33. 病魔 〔委内瑞拉〕阿尔贝托·巴雷拉 著

34. 希腊激情 〔智利〕罗伯托·安布埃罗 著

35. 萨尼卡 〔俄罗斯〕扎·普里列平 著

36. 乌拉尼亚 〔法〕勒克莱齐奥 著

37. 皇帝的孩子 〔美〕克莱尔·梅苏德 著

2008 年(本年起,以评选时间标志年度):

38. 太阳来的十秒钟 〔英〕拉塞尔·塞林·琼斯 著

39. 别了,那道风景 〔澳大利亚〕亚历克斯·米勒 著

40. 优美的安娜贝尔·李 寒彻颤栗早逝去

  〔日〕大江健三郎 著

41. 大师之死 〔法〕皮埃尔-让·雷米 著

42. 午间女人 〔德〕尤莉娅·弗兰克 著

43. 情系撒哈拉 〔西班牙〕路易斯·莱安特 著

44. 曲终人散 〔美〕约书亚·弗里斯 著

45. 我脸上的秘密 〔爱尔兰〕凯伦·阿迪夫 著

2009 年:

46. 恋爱中的男人 〔德〕马丁·瓦尔泽 著

47. 卖梦人 〔巴西〕奥古斯托·库里 著

48. 秘密手稿 〔爱尔兰〕塞巴斯蒂安·巴里 著

49. 天扰 〔加拿大〕丽芙卡·戈臣 著

50. 悠悠岁月 〔法〕安妮·埃尔诺 著

51. 图书管理员 〔俄罗斯〕米哈伊尔·叶里扎罗夫 著

2010 年:

52. 转吧,这伟大的世界 〔美〕科伦·麦凯恩 著

53.卡尔腾堡 〔德〕马塞尔·巴耶尔 著

54.恋人 〔法〕让-马克·帕里西斯 著

55.公无渡河 〔韩〕金薰 著

56.逆风 〔西班牙〕安赫莱斯·卡索 著

2011 年：

57.古泉酒馆 〔英〕理查德·弗朗西斯 著

58.天使之城或弗洛伊德博士的外套

　　〔德〕克里斯塔·沃尔夫 著

59.复活的艺术 〔智利〕埃尔南·里维拉·莱特列尔 著

60.哪里传来找我的电话铃声 〔韩〕申京淑 著

61.卡迪巴 〔法〕让-克里斯托夫·吕芬 著

62.脑残 〔俄罗斯〕奥利加·斯拉夫尼科娃 著

2012 年：

63.沙滩上的小脚印 〔法〕安娜-杜芬妮·朱利安 著

64.阳光下的日子 〔德〕米夏埃尔·库普夫米勒 著

65.唯愿你在此 〔英〕格雷厄姆·斯威夫特 著

66.帝国之王 〔西班牙〕哈维尔·莫洛 著

67.鬼火 〔美〕莉迪亚·米列特 著

68.骗局的辉煌落幕 〔瑞典〕谢什婷·埃克曼 著

69.暴风雪 〔俄罗斯〕弗拉基米尔·索罗金 著

2013 年：

70.形影不离 〔意〕亚历山德罗·皮佩尔诺 著

71.我们是姐妹 〔德〕安妮·格斯特许森 著

72. 聋儿 〔危地马拉〕罗德里格·雷耶·罗萨 著

73. 我的中尉 〔俄罗斯〕达尼伊尔·格拉宁 著

74. 边缘 〔法〕奥里维埃·亚当 著

2014 年：

75. 生命 〔德〕大卫·瓦格纳 著

76. 回到潘日鲁德 〔俄罗斯〕安德烈·沃洛斯 著

77. 潜 〔法〕克里斯托夫·奥诺-迪-比奥 著

78. 在岸边 〔西班牙〕拉法埃尔·奇尔贝斯 著

79. 麻木 〔罗马尼亚〕弗洛林·拉扎莱斯库 著

80. 回家 〔加拿大〕丹尼斯·博克 著

2015 年：

81. 骗子 〔西班牙〕哈维尔·塞尔卡斯 著

82. 星座号 〔法〕阿德里安·博斯克 著

83. "自由"工厂 〔俄罗斯〕克谢妮雅·卜克莎 著

84. 所有爱的开始 〔德〕尤迪特·海尔曼 著

85. 首相A 〔日〕田中慎弥 著

86. 美丽的年轻女子 〔荷兰〕汤米·维尔林哈 著